Dreckrübeneintopf

Das Leben ist voller Oberkohlraben

Für meine Eltern, die mich immer meinen eigenen Weg haben gehen lassen und mir den Rücken gestärkt haben, neugierig in die Welt zu gehen und auch mal etwas anderes zu probieren als immer nur Oberkohlraben. Danke dafür!

Miriam Walkenbach

Dreckrübeneintopf

Das Leben ist voller Oberkohlraben

Bibliografische Information der Deutschen Nationalbibliothek
Die Deutsche Nationalbibliothek verzeichnet diese Publikation in der Deutschen Nationalbibliografie; detaillierte bibliografische Daten sind im Internet über http://dnb.d-nb.de abrufbar.
© 2016 Miriam Walkenbach
Herstellung und Verlag: BoD – Books on Demand, Norderstedt
ISBN 978-3-7412-3877-2

Dies ist also ein Roman. Sowohl die Handlung als auch sämtliche Personen sind frei erfunden und jegliche Ähnlichkeit mit lebenden Personen ist selbstverständlich nicht beabsichtigt. Wo kämen wir da auch hin?

Miriam Walkenbach ist Jahrgang 1974 und hat erst über Umwege die Freude am Schreiben entdeckt. Im Sauerland hat sie ihre Wurzeln und ist nach zahlreichen Blicken über den Tellerrand auch wieder dorthin zurückgekehrt. Hier lebt sie mit ihrer Familie und arbeitet u. a. als freie Lektorin und Autorin. Nach vier erfolgreichen Kinderbüchern ist dies ihr erster Roman.

Cillyken, der Bus kommt

An einem Freitag im Mai. Bremsen quietschen. Ein dumpfer Aufprall. Kurze Stille, Türenknallen, dann beschleunigt er wieder. Ein dunkler Pkw rast mit quietschenden Reifen davon.

„Die ist wohl hin. Nichts mehr zu machen." Cilly Bergheim tippt den leblosen Körper ein paar Mal mit ihrem Gehstock an.

„Tja, da machste nix. Irgendwann erwischt es jeden." Else Krämer schüttelt den Kopf und wendet sich ab. „Cillyken komm, der Bus wartet nicht."

Die beiden betagten Damen sind heute Morgen früh auf den Beinen, auf dem Weg zu ihrem wöchentlichen Einkauf. Der letzte Tante-Emma-Laden hat vor über dreißig Jahren geschlossen und seitdem sind die Einkaufsmöglichkeiten in Altenkörwede gleich Null. Immerhin fährt noch fast stündlich ein Bus, nur unter der Woche, versteht sich. Wer am Wochenende hier raus will, ist auf ein Auto angewiesen oder die Hilfe des Nachbarn. Aber die Nachbarn fragt man ja nicht so gerne.

Altenkörwede zählt knapp sechshundert Einwohner und ist ein Ortsteil der zwei Kilometer entfernten Gemeinde Halmsdorf. Dort gibt es einen Supermarkt, eine Tankstelle und sogar einen Friseur. Und da wollen die beiden Damen heute hin.

Cilly Bergheim ist Ende siebzig und lebt seit knapp zehn Jahren alleine in ihrem riesigen Haus. Kinder hat sie keine und ihr Mann ist damals mit einer Jüngeren durchgebrannt. Das war vielleicht ein Skandal in Altenkörwede: Ein Mitsiebziger schnappt sich ein junges, sonnenbankgebräuntes Mäuschen und wandert mit ihr aus nach Teneriffa. Will noch mal von vorne anfangen, den zweiten Frühling erleben. Mit diesen Worten ist er damals abgereist, und seitdem hat Cilly nichts mehr von ihm gehört.

Das war nicht einfach damals, vor allem das Gerede der Leute hat Cilly sehr zugesetzt, aber Cilly wäre nicht Cilly, wenn sie nicht auch aus dieser Situation etwas Positives rausgeholt hätte. Sie ist zwar nicht mehr besonders gut zu Fuß, aber noch sehr fit im Kopf.

Direkt nach dem Abgang ihres Mannes hat sie das gemeinsame Konto leergeräumt und lässt es sich nun mit der gesamten Altersvorsorge gut gehen. Für die Zukunft plant sie sogar eine Alten-WG in ihrem Haus. Platz genug hätte sie ja.

Else Krämer ist Cillys beste Freundin. Die beiden kennen sich seit ihrer Jugend, als sie beide nach der Hochzeit nach Altenkörwede gezogen sind.

Else ist seit einigen Jahren Witwe, und auch sie lässt sich nicht unterkriegen. Sie ist zwei Jahre älter als ihre Freundin und das fortgeschrittene Alter merkt man ihr auch an: Sie hört immer schlechter, oder nur das, was sie hören will, und in letzter Zeit wird sie auch zunehmend vergesslich. Dafür ist sie körperlich noch fit. Die beiden ergänzen sich also prächtig und unternehmen viel gemeinsam.

Die zwei gehen weiter, vorbei an einer südländisch aussehenden Frau, die ihrer herzzerreißend weinenden Tochter über den Kopf streichelt und beruhigend auf sie einredet. Die Frauen grüßen freundlich und eilen dann weiter zur Bushaltestelle.

Zur gleichen Zeit werden im Hause Hofrichter die Vorhänge im Wohnzimmer zugezogen. Pastellgrün. Bei Hofrichters ist alles tipptopp: modisch, praktisch, sauber. Da kann man die Irmgard für laufen lassen. Die Kinder sind erwachsen und schon aus dem Haus, und wenn ihr Hermann morgens zur Arbeit geht, so wie jeden Tag seit über vierzig Jahren, dann hält Irmgard das Haus in Schuss. Da soll mal keiner kommen und was sagen.

Ihr Carsten, der Jüngste, ist nun auch ausgezogen. Es war schwer für Irmgard, auch ihn gehen zu lassen. Nun gut, mit Ende dreißig soll der Junge seinen eigenen Weg gehen. Zum Glück hat er eine Wohnung in Halmsdorf gefunden, nur zwei Kilometer von hier. So kann er zweimal die Woche bei Mama essen und ihr auch praktischerweise gleich die dreckige Wäsche da lassen.

Die Große, die Karin, die ist schon seit Jahren verheiratet, wohnt in der Stadt und kommt nur noch alle paar Wochen zu Besuch. Aber gut, die haben auch sicher viel zu tun, die jungen Leute heutzutage.

Und just in diesem Augenblick hat Irmgard einen Unfall beobachtet. Rein zufällig, als sie die toten Fliegen auf der Fensterbank wegwischen wollte. Sie lässt den Putzlappen fallen, läuft hastig zum Telefon und drückt auf Wahlwiederholung.

„Achnes, ich bin´s noch mal. Stell dir vor, es Krämers Else ist angefahren worden. Ja, ich hab´s mit eigenen Augen gesehen. Oh Gott, oh Gott, wenn da mal nichts Schlimmes passiert ist."

Einen Moment lang hört sie Agnes Kochwitz am anderen Ende der Leitung schweigend zu.

„Nee, ich war nicht draußen. Soll doch nicht so aussehen, als wär ich neugierig. Dat Cilly war ja auch dabei. Die kann ja Hilfe holen. So, ich muss dann auch mal. Heute gibt es Kohlräbchen. Die isst der Hermann doch so gerne. Mach gut, ne?" Sie legt auf und wählt die Nummer von Hermanns Büro. Die Fliegen liegen immer noch tot auf der Fensterbank.

Minuten später ist im ganzen Dorf ein ohrenbetäubender Lärm zu hören. Die freiwillige Feuerwehr der Gemeinde Halmsdorf braust mit Martinshorn und Blaulicht über die Hauptstraße, direkt am Haus der Hofrichters vorbei. Zwei Tanklöschwagen, ein Drehleiterfahrzeug und ein Krankenwagen folgen mit großem Getöse dem Jeep des Einsatzleiters. Kurz vor dem Kirchplatz stoppen die Fahrzeuge, die Feuerwehrmänner springen heraus und sperren die Straße ab, so dass der Verkehr nur noch auf der Gegenspur vorbeifahren kann.

Agnes Kochwitz wohnt mit ihrem Mann Werner im Oberdorf, weit hinter den Eisenbahnschienen und fernab der Hauptstraße. Alarmiert durch den Anruf ihrer Freundin, ahnt sie nichts Gutes, als sie die Sirenen hört und greift zum Telefonhörer.

Es beginnt zu regnen.

Fußball und Rooibostee

Jan Erik Bröcker-Hasenau ist der fünfzehnjährige Sohn von Oberstudienrat Paul Bröcker und dessen Frau Helgard Bröcker-Hasenau. Vor der Geburt ihres Sohnes war Helgard als Gleichstellungsbeauftragte in Halmsdorf tätig. Jetzt geht sie voll in ihrer Mutterrolle auf.

Jan Erik ist Einzelkind und hat sich bisher ganz gut durchs Leben gekämpft, was als Lehrerkind nicht immer einfach ist. Er gehört aber zu den Glücklichen, denen immer alles zufällt: In der Schule macht er nur das Nötigste, zählt aber trotzdem zu den Klassenbesten. Deshalb hat er nachmittags oft Zeit, sich mit seinem Kumpel Torge zu treffen.

Torge Kablonsky wohnt mit seiner Mutter Simone und seiner großen Schwester Franka in einem der Siedlungshäuser am Rand von Altenkörwede. Hier hat die Gemeinde vor Jahren einen hässlichen Betonklotz hingesetzt, im Rahmen des sozialen Wohnungsbaus.

Die beiden Jungs gehen in die gleiche Klasse, am Gymnasium von Halsmdorf. Sie sind typische, schlaksige Teenager. Die Hosen auf halb acht, die Haare durchgestylt und nur Fußball und Computer im Kopf. Sie treffen sich oft bei Torge zuhause, weil sie dort nicht ständig von einer krankhaft gluckenden Hubschraubermama mit Tellern voller Obst, Gemüse und Dinkelplätzchen malträtiert werden.

Helgard Bröcker-Hasenau ist eine dieser komplett verspannten Übermütter, die ihren Kindern natürlich nur Gutes wollen, wenn sie alle paar Minuten ohne anzuklopfen in deren Zimmer preschen. Sie ist auch die Einzige, die Jan Erik bei seinem Doppelnamen ruft.

Einmal hat Jan es gewagt, sein Zimmer von innen abzuschließen, weil Torge und er ungestört am Computer spielen wollten, nachdem seine Mutter zum dritten Mal reingeschneit kam, um ihnen Oberkohlrabischnitze und Rooibostee zu bringen. Das pädagogisch wertvolle Donnerwetter seiner Eltern hat er heute noch in den Ohren.

Seitdem versucht er einfach, die Fürsorge seiner Mutter zu ignorieren, indem er immer freundlich nickt, ohne richtig zuzuhören. Dass seine Antworten deshalb nicht immer zu den Fragen passen, ist seiner Mutter noch nicht aufgefallen.

Auch Torge hat es mittlerweile verstanden, immer brav das Gewinnerlächeln aufzusetzen, damit Frau Bröcker-Hasenau möglichst schnell wieder abzischt.

Torges Mutter ist alleinerziehend und nachmittags nur selten zuhause, weil sie im Schichtdienst arbeitet. Und wenn sie doch mal da ist, lässt sie die Jungs in Ruhe. Sie ist Krankenschwester und arbeitet nebenbei noch als Yogalehrerin in einer Naturheilpraxis. In ihrem kompletten Denken und Verhalten ist sie einfach viel entspannter als Jans Mutter.

Die beiden Mütter haben sich ein einziges Mal bei einem Elternabend in der Schule getroffen, was jedoch nach wenigen Sätzen schon in Smalltalk über das Wetter endete. Dass sich die Söhne so gut verstehen, ist für beide zwar sehr verwunderlich, aber sie akzeptieren es.

Torges Schwester Franka macht eine Ausbildung im ökologischen Landbau und ist deshalb ebenfalls den ganzen Tag unterwegs. Die drei würden gerne in einem eigenen Haus mit großem Garten leben, wo Frau Kablonsky ihre eigene Yogapraxis einrichten könnte, aber seit sich der Vater ihrer Kinder vor ein paar Jahren sang- und klanglos aus dem Staub gemacht hat, fehlen einfach die finanziellen Mittel.

Zweimal die Woche treffen sich Jan und Torge beim Fußballtraining, obwohl Jan Fußball eigentlich gar nicht viel abgewinnen kann. Er würde schon gerne mal eine andere Sportart ausprobieren, aber hier in Altenkörwede wird leider nur Fußball angeboten. Einfach, weil es schon immer so war: Alle spielen Fußball, von der E-Jugend bis zu den alten Herren.

Sobald er seinen Mofaführerschein machen kann,

will Jan sich beim Taekwondo in Halmsdorf anmelden.

Heute ist wieder Fußballtraining, wie immer freitags von fünf bis sieben. Alles ist wie immer, die Jungs sind pünktlich, weil sie wissen, dass es sonst Strafrunden hagelt.

Nur Dennis Krajewski kommt eine viertel Stunde zu spät zum Training. Das ist nichts Ungewöhnliches, er hat es nicht so mit der Pünktlichkeit. Merkwürdig ist aber, dass er mit dem Fahrrad vorfährt und nicht wie üblich mit seinem tiefergelegten schwarzen 3er BMW, und das, obwohl es immer noch regnet.

Jan, Torge und Dennis verstehen sich gut, obwohl Dennis ein paar Jahre älter ist als die anderen.

„Hi, was geht? Wo ist deine Karre?" Torge und Jan sind zum Vereinsheim gelaufen, um Bälle und Leibchen zu holen, als Dennis gerade von seinem Rad absteigt.

„Ach, hab Mist gebaut. Egal." Dennis wendet sich eilig ab, zieht sich seine Fußballschuhe an und läuft zum Spielfeld, wo die anderen schon mit dem Training begonnen haben.

Fragend schaut Torge Jan an, doch der zuckt nur mit den Schultern und schiebt Torge Richtung Sportplatz. „Mach hin, ich hab keine Lust auf zehn Extrarunden!"

Die beiden sprinten los.

Da ist was im Busch

Das Training scheint allen gut getan zu haben. Dennis ist nicht mehr so schlecht gelaunt, aber noch immer scheint er mit den Gedanken woanders zu sein. Er will schleunigst nach Hause und mit niemandem reden.

Normalerweise bleiben die Jungs nach dem Fußballtraining noch eine Weile im Vereinshaus, duschen, spielen Karten oder quatschen einfach nur.

„Wie ist der denn heute drauf?" Torge schaut Dennis stirnrunzelnd hinterher, der ohne Worte mit seinem Rad abdampft.

„Keine Ahnung, was der hat. Gestern war er noch ganz normal", antwortet Jan. „Was meinte er wohl vorhin damit, als er sagte, er hätte Mist gebaut?"

Torge stößt seinen Kumpel unauffällig in die Rippen, um ihm zu signalisieren, dass er die Klappe halten soll. Einige der anderen Jungs sind nämlich plötzlich ganz still geworden und haben ganz große Ohren bekommen. Und Torge kann überhaupt nicht leiden, wenn aus unwichtigem Geschwätz üble Gerüchte entstehen. „Später", zischt er Jan zu. Der hat verstanden und wechselt das Thema.

Weil in Altenkörwede die Bürgersteige schon hochgeklappt sind, gehen die beiden noch zu Jan nach Hause, wo sie schon von Helgard Bröcker-

Hasenau erwartet werden. Im Flur riecht es nach Kohl.

„Hallo, ihr beiden. Und? Wie war das Training? Ich hab euch Schnittchen gemacht. Oder wollt ihr lieber was Warmes? Kein Problem, dann mache ich euch schnell …" „Danke, Mama, Schnittchen sind super. Wir nehmen die mit in mein Zimmer", unterbricht Jan den Redeschwall seiner Mutter, schnappt sich den Teller mit den Schnittchen, wirft Sporttasche und Schuhe in den Flur und geht zügig in sein Zimmer. Torge versucht sich ein Grinsen zu verkneifen, grüßt höflich und schleicht hinter Jan her.

In Jans Zimmer lassen sich die Jungs direkt in zwei Sessel fallen, Jan wirft die Musikanlage an und Torge einen warnenden Blick zu. „Sag nichts! Ich weiß, dass meine Mutter oberpeinlich ist."

„Ich sag ja gar nichts. Alles bestens. Lecker die Schnittchen." Torge grinst. „Nee, im Ernst. Ich glaube, wir haben einen neuen Fall", fügt er hinzu und beißt herzhaft in ein Wurstbrot. Das Gürkchen fällt zu Boden.

Jan und Torge sind auf Detektivkurs, seit sie im letzten Sommer einen Einbruch bei der örtlichen Sparkasse von Halmsdorf aufgeklärt haben. Der Fall war wochenlang in den Schlagzeilen und die beiden Jungs wurden hochgejubelt, weil die Täter nur durch ihre penetrante Ermittlungsarbeit überführt werden konnten.

Leider passiert in Altenkörwede nicht viel, und da praktisch jeder jeden kennt, ist die Kriminalitätsstatistik äußerst gering. Die soziale Kontrolle auf dem Dorf greift. Sobald sich ein Fremder auf heimisches Terrain begibt, wird er von verschiedenen Personen registriert, seine Handlungen genauestens beobachtet und auffälliges Verhalten sofort an diverse Multiplikatoren weitergeleitet. Deshalb wittern die beiden Jungs auch hinter jedem abnormen Gebaren direkt einen Kriminalfall.

„Hast du das mit dem Unfall heute Morgen mitbekommen? Meine Mutter hat bei der Arbeit gehört, dass eine Frau angefahren sein soll." Torge ist nun ganz in seinem Element. „Jemand hat einen dunklen Wagen gesehen. Und vorhin kommt Dennis mit dem Fahrrad zum Training und ist total schräg drauf. Ist doch komisch, oder?"

Ein Käsebrot kippt vom Teller.

Vielleicht sogar Mott?

Zur gleichen Zeit – der Landregen ist einer lauen Frühlingsbrise gewichen – sitzen Franz Köhler und seine Kegelfreunde bei Kurt an der Theke.

Kurt Stieglitz betreibt die einzige Kneipe im Dorf, und das auch nur zu seinem Vergnügen. Stieglitz gehört zu der Sorte ewiger Junggeselle. Woran das liegt, kann er sich beim besten Willen nicht erklären. Er hat ein großes Haus, fährt ein dickes Auto und so schlecht sieht er auch nicht aus. Findet er. Geld hat er auch genug. Praktischerweise haben seine Eltern und Großeltern immer fleißig geschuftet und ihm ein gutes Erbe hinterlassen.

Der Wirt ist Mitte sechzig, besitzt etliche Hektar Wald und Wiesen rund um Altenkörwede, und in Halmsdorf gehören ihm noch ein paar Mietwohnungen. Die Kneipe öffnet er nur noch für Kegelclubs und Beerdigungsgesellschaften.

Und so trifft sich an diesem Freitagabend der Kegelclub „Neun Sturköppe" im Gasthaus „Zum alten Stieglitz".

„Och wat, dat ist doch immer dat Gleiche. Jedes Jahr datselbe Spektakel. Da lass mal die jungen Leute hingehen, unsereins hat da doch nix mehr zu suchen!", poltert Franz Köhler los, bevor er einen langen Zug aus seinem Bierglas nimmt. Köhler gehört zu den Alteingesessenen von Altenkörwede und fühlt sich wie der heimliche Ortsvorsteher. Leider sahen es die meisten Einwohner bei der Wahl im letzten Jahr anders und haben ihn mit nur zwei Prozent der Stimmen kläglich abblitzen lassen. Aber auch solch ein niederschmetterndes Ergebnis kann das ausgeprägte Selbstbewusstsein von Franz Köhler nicht weiter beeinträchtigen. Erhobenen Hauptes ist er damals aus der Sitzung gegangen und hat seitdem kein Wort mehr darüber verloren.

Nun sitzt er mit seinen Kegelbrüdern an der Theke und führt wie üblich das Regiment. Die hitzige Debatte dreht sich diesmal um die Teilnahme am Dorffest, das am Sonntag stattfinden soll.

„Aber die machen doch extra einen Nachmittag für Senioren, mit Kaffee, Kuchen und allem. Da könnte man doch hingehen", wirft Helmar König ein. Nach zwei Pils traut auch er sich laut etwas zu sagen.

„Ja, bist du denn des Wahnsinns? Ich geh doch nicht bei die alten Leute!", entgegnet Franz empört und erntet grölendes Gelächter.

Helmar schaut betreten in sein Bier. „Ich dachte ja nur, schließlich sind wir alle Ende sechzig …", murmelt er kaum hörbar vor sich hin. Dann sagt er gar nichts mehr.

„Da beißt die Maus keinen Faden ab", grummelt Kurt im Vorbeigehen. Helmar starrt ihn an, schüttelt den Kopf und wendet sich wieder seinem Bier zu. Sind denn hier alle bekloppt?

Normalerweise drehen sich die Thekengespräche um Fußball, Wetter oder Spritpreise. Heute aber überschlagen sich die Themen förmlich.

Franz Köhler ist innerlich ganz aufgewühlt, als er von den anderen vom morgendlichen Unfall erfährt. Warum hat ihn seine Frau denn noch nicht darüber informiert? Wie belämmert steht er denn jetzt da? Penetrant versucht er deshalb, das Thema vom Unfall weg und auf das Dorffest zu lenken. Das gelingt ihm aber nur schwerlich.

Hermann Hofrichter reißt das Gespräch immer wieder an sich, was eigentlich so gar nicht zu ihm passt. Aber heute ist völlig außer sich, was bei seinem Temperament bedeutet, dass er von sich aus das Wort ergreift und vor der ganzen Truppe etwas zum Besten gibt.

„Ja, wenn ich es doch sage. Er ist einfach weitergefahren. Unfallflucht. Unterlassenes, Unterdings, untere Hilfsleistung. Vielleicht sogar Mott?" Die Gemüter erhitzen. Und dann erzählt Hermann haarklein, was seine Frau Irmgard heute Morgen rein zufällig beobachtet hat. Oder das, was Hermann glaubt, das seine Frau beobachtet hat. Oder das, was sie gerne beobachtet hätte.

„Hat Irmgard denn den Notarzt gerufen?" Franz kann sich einen Seitenhieb auf Hermann nicht verkneifen. Schließlich stiehlt der ihm heute Abend eindeutig die Schau. „Wenn du schon von unterlassener Hilfeleistung redest, meine ich."

Stille im Raum. Hermann wird blass und schluckt. Soweit hatte er gar nicht gedacht. Aber dann hellt sich seine Miene auf: „Irgendwer muss Krankenwagen und Feuerwehr vorher schon verständigt haben. Die kamen in dem Moment, als Irmgard mich anrufen hat. Sonst hätte sie natürlich geholfen."

„So, Kurt, tu mir mal noch einen Kurzen und dann müssen wir mal langsam", versucht Paul Bröcker die brenzlige Situation zu entschärfen. Er gehört zu den Männern, die aufmerksam zuhören, um ihren Frauen nachher etwas Neues erzählen zu können, aber selbst nicht viel zu den Geschichten beisteuern.

Die Männer begeben sich geschlossen zur Kegelbahn. Nur Franz biegt kurz vorher links ab und schließt sich in der Toilette ein. Er nimmt sein Handy und wählt die Nummer von zuhause.

Altenkörwede außer Rand und Band

Am Sonntag darauf findet das traditionelle Dorffest statt und siehe da, nach und nach trudelt der gesamte Kegelclub ein. Und wer sitzt beim Seniorenkaffee als Erster am Tisch? Köhlers Franz.

Seine Frau Doris rennt geschäftig durch die Schützenhalle, schließlich hat sie die Oberaufsicht über das Kuchenbüfett, das dieses Jahr von der Frauengemeinschaft organisiert wird.

„Helgard, guckst du mal eben bei den Damen am letzten Tisch? Die wollen noch Kaffee", ruft sie ihrer Mitstreiterin zu, während sie selbst zu ihrem Waffeleisen hechtet.

Doris Köhler ist sehr engagiert im Dorfleben und ohne Doris läuft nichts. Meint sie. Doris ist Vorsitzende der Frauengemeinschaft, wo sie das Ruder an sich reißt, wann immer etwas zu tun ist. Sie verteilt die monatlichen Mitgliederheftchen, weil sie dabei auch gleichzeitig an jeder Haustür ein Schwätzchen halten kann. Und was noch wichtiger ist: Weil sie dabei auch kurz einen Blick hinter die Haustüren werfen kann. Und wo das nicht geht, muss eben der Vorgarten reichen, um sich einen Überblick zu verschaffen. Zur Meinungsbildung reicht das allemal.

Doris und Franz Köhler sind beide Mitte sechzig und sehen auch so aus. Sie gehören zu der

Generation, in der Sport noch Mord war, und für so einen Firlefanz wie Klamotten oder Frisuren haben die beiden keinen Sinn. Zumindest keine größeren Ansprüche. Der gute alte Katalogversand tut es ja schließlich auch. Zu ihren favorisierten Farben zählen dunkles Beige und Bordeauxrot.

Doris ist außerdem die Küsterin im Ort. Und als solche hält sie das Zepter in der Hand. Sie, und nur sie hat das Sagen über sämtliche Messdienergewänder, den Blumenschmuck und die Hoheit über den Glockenturm.

Als vor einiger Zeit der betagte Pastor seinen Dienst quittieren musste, ist ihr doch tatsächlich einfach so ein neuer, junger Pastor vor die Nase gesetzt worden. Den hat sie aber direkt erstmal eingeordnet. Pastor Georg Röhrig weiß nun Bescheid, wie die Uhren ticken in Altenkörwede.

Praktischerweise ist Franz Köhler im Kirchenvorstand. Änderungen werden da gar nicht gerne gesehen. So einen Skandal wie damals wird es nicht mehr geben, jedenfalls nicht, solange die Köhlers hier das Sagen haben. Damals hatten einige Gemeindemitglieder und der neue Pastor doch tatsächlich angedacht, die Vorabendmesse am Samstag von neunzehn Uhr auf achtzehndreißig zu verlegen, damit Pastor Röhrig sich nicht so abhetzen muss, wenn er im Anschluss noch in die Nachbargemeinde muss. Ja, war das ein Theater!

Da haben die Leute aber nicht mit der Doris gerechnet. Die hat dem Franz zuhause die Hölle heiß gemacht. Schließlich ist die Vorabendmesse schon immer um neunzehn Uhr gewesen. Und vorher muss der Franz in die Wanne und Doris ihre Vorabendserie schauen. Da ist doch der ganze Samstag drauf abgestimmt. Und nur weil ein neuer Pastor daherkommt, kann der doch nicht – so mir nichts, dir nichts – die Zeiten ändern.

Franz Köhler hat daraufhin eine außerordentliche Kirchenvorstandssitzung einberufen und in einer Abstimmung per Handzeichen durchgesetzt, dass die Vorabendmesse wie eh und je samstags um neunzehn Uhr gehalten wird. Ob dabei der kurze Einwurf eine Rolle gespielt hat, dass er Kontakte zum Bürgermeister der Gemeinde hat und der gerade überlegt, ob er die Gelder für eine Neugestaltung des Kirchenvorplatzes zur Verfügung stellt oder nicht, sei dahingestellt. Letzteres war die Idee von der Doris.

Als sich in der Schützenhalle endlich alle Gäste gesetzt und Kaffee und Kuchen vor sich stehen haben, fasst sich Ortsvorsteher Joachim Kanngießer ins Jackett. Er holt einen großen Umschlag hervor und seine Rede, die ihm seine Frau Nancy kurz vor der Veranstaltung noch zugesteckt hat. Mit dem Papier in der Hand schreitet er erhobenen Hauptes zur Bühne. Dort angekommen, setzt er sein

Gewinnerlächeln auf und lässt seinen Blick theatralisch über das Volk schweifen.

„Bäh, was für eine Rampensau!" Melanie Malvenbeck balanciert einen Stapel schmutziger Teller in die Spülküche. „Die Rede hat er doch bestimmt noch nicht mal selbst geschrieben …"

„Bitte? Was hast du gesagt?" Die kratzbürstige Stimme von Doris, die ihr schnellen Schrittes entgegenkommt, reißt Melanie aus ihren Gedanken.

„Was? Ach nichts, ich hab nur gesagt, ich habe Kopfschmerzen und gehe gleich etwas früher nach Hause, wenn das ok ist."

Melanie Malvenbeck ist mit Mitte dreißig die Jüngste in der Frauengemeinschaft und gehört zu den Leuten, die niemals Nein sagen können. Sie ist eine der wenigen Frauen, die trotz ihrer beiden Kinder sportlich aktiv sind, Größe 34 tragen und sich auch beruflich immer weiterbilden, um nicht irgendwann auf dem Niveau einer schrumpeligen Pellkartoffel zu enden.

Ihre Hilfsbereitschaft wird allerdings gnadenlos ausgenutzt. Melanie arbeitet im Hintergrund, macht kein Aufsehen um irgendwas und packt mit an, wo sie kann. Wie praktisch!

Vor einigen Wochen hat Doris Köhler sie angerufen und gemeint, es fehle noch ein Kuchen für das Dorffest. Ob Melanie da nicht … Ja klar, Melanie steht also um fünf Uhr in der Früh auf und backt eine Kirsch-Sahne, bevor sie zur Arbeit geht.

Und malen könne sie doch auch so gut, habe sie gehört, die Doris. Ob sie da nicht vielleicht die Plakate für das Dorffest … Aber sicher. Melanie entwirft also die Plakate. Nach ihrer Schicht im Krankenhaus.

Melanie ist nach ihrer Heirat mit Christian Malvenbeck nach Altenkörwede gezogen. Der Umzug aus der Stadt war schon schwer, aber die sozialen Verpflichtungen, wie Krabbelgruppe, Frauengemeinschaft, Schützenverein und vor allem der Dorftratsch, gehen ihr gewaltig auf die Nerven. Und sie ärgert sich jedes Mal aufs Neue, dass sie nicht den Mumm hat, zu rebellieren oder einfach nur mal Nein zu sagen.

„Und so bedanke ich mich im Namen der Dorfgemeinschaft bei allen fleißigen Helferinnen und Helfern, die dieses einmalige Fest organisiert haben. Ganz vorne mit dabei: die Doris, ohne die … blablabla …" Der Ortsvorsteher genießt sichtlich seine Bühnenshow und schäumt förmlich über vor Enthusiasmus.

Melanie registriert nur, dass sie mal wieder mit keinem Wort erwähnt wird. Na denn, geh ich mal weiterspülen, denkt sie und merkt, wie es in ihrem Innern zu brodeln beginnt.

Eigentlich wollte sie an diesem Wochenende mit ihrem Mann und den Kindern in einen Freizeitpark fahren, aber die Mithilfe bei dem Dorffest wurde als so sozial verpflichtend dargestellt, dass sie den Ausflug verschoben hat.

Sie winkt ihren Kindern zu, die durch die Halle rasen und muss dann doch grinsen, als sie ihren Mann entdeckt, der mit Freunden an einem Tisch sitzt, die Augen verdreht und mit dem Kopf unauffällig Richtung Bühne deutet. Dort scheint Kanngießers Rede kein Ende zu nehmen.

„Kommen wir nun zum alljährlichen Biogartenwettbewerb. In den meisten Gärten wird ja schon wieder fleißig gewerkelt, der Rasen ist zum ersten Mal gemäht und die Kartoffeln sind schon in der Erde." Kanngießer macht eine kunstvolle Pause, bevor er zum Höhepunkt seiner Rede kommt.

„Ich habe nun die Ehre, die Gewinnerin des Vorjahres zu küren. Eine Jury aus acht unabhängigen Gartenfreunden hat sich auf den Weg in heimische Gärten gemacht und keinen Aufwand gescheut, um den schönsten Garten von ganz Altenkörwede und Halmsdorf zu ermitteln. Vorjahressiegerin in unserem Biogartenwettbewerb ist …" Kanngießer holt medienwirksam einen roten Zettel aus dem großen Umschlag, der auf dem Rednerpult liegt.

„…Agnes Kochwitz! Herzlichen Glückwunsch! Agnes, komm doch bitte zu mir auf die Bühne!"

Die Miene von Irmgard Hofrichter versteinert

sich schlagartig. Irmgard hatte fest damit gerechnet, dass sie auch in diesem Jahr den Wettbewerb mit ihren Biotomaten gewinnen würde. Da nun alle Augen auf ihre Sitznachbarin Agnes und damit auch zwangsläufig auf sie gerichtet sind, gibt sie sich einen Ruck, jubelt lauthals auf und applaudiert wie eine Wahnsinnige. Pah! Soll doch niemand sagen, sie würde ihrer Freundin den Sieg nicht gönnen. Innerlich jedoch zerreißt es sie fast vor Neid.

„Agnes Kochwitz hat im letzten Jahr die größten und schönsten Oberkohlraben des ganzen Dorfes geerntet. Bravo!" Joachim Kanngießer ist ganz in seinem Element und schwallt und schwallt. Unter kräftigem Applaus des Publikums überreicht er der Gewinnerin eine Urkunde, auf der ein stilisierter Oberkohlrabi abgebildet ist, sowie eine funkelnagelneue Gartenkralle.

Agnes Kochwitz verlässt schließlich mit brennenden Wangen die Bühne und Kanngießer leitet das Ende seiner Rede ein, als unverhofft seine Frau Nancy zum Bühnenrand sprintet und ihm etwas zuraunt. Kanngießer räuspert sich, macht plötzlich ein betretenes Gesicht und nimmt den Faden wieder auf: „Ja, genau. Liebe Freunde, liebe Gäste, an dieser Stelle möchte ich auch nicht vergessen, zu erwähnen, welch schmerzlicher Verlust unserer Gemeinde durch den tragischen Unfall am Freitagmorgen entstanden ist. Oder war es gar ein Verbrechen? Nicht auszudenken ..." Er macht eine symbolträchtige Pause und lässt den Blick durch die Halle schweifen. „Wer also zur Aufklärung des Vorfalls beitragen kann, möge dies bitte tun und Kontakt mit der Polizei aufnehmen. Und nun lasst uns weiter feiern! Ein dreifach Akö-Akö-Altenkörwede!"

Unter höflichem Beifall der Zuhörer stolziert Kanngießer schließlich von der Bühne.

Kurz darauf verlässt Melanie Malvenbeck die Veranstaltung.

Wenn das mal nichts zu bedeuten hat

Das Dorffest ist rundum gelungen. Sich selber auf die Schulter klopfend, verlässt Doris zusammen mit dem Ehepaar Kanngießer als Letzte die Halle. Franz ist schon früher nach Hause gegangen. Vorher hat ihm Doris aber noch die übriggebliebenen Schnittchen und zwei Frikadellen eingepackt.

„So, dann wollen wir mal. Wir sehen uns ja sicher nächste Woche auf der Mitgliederversammlung der Frauengemeinschaft, Nancy?"

Nancy kommt aus dem Osten. Aber nach knapp zwanzig Jahren ist sie doch ganz gut in Altenkörwede integriert oder zumindest weiß sie, dass sie aus manchen sozialen Verpflichtungen nicht mehr rauskommt, ohne auf Jahre jemanden zu beleidigen. Deshalb lächelt sie bloß professionell.

„Ja, natürlich, Doris. Dann mach es mal gut. Und grüß den Franz schön." Die Wege trennen sich. Die Kanngießers wohnen im Oberdorf, die Köhlers im Unterdorf. Doris verabschiedet sich und tänzelt leichtfüßig die Straße hinunter, ein Lächeln im Gesicht, mit sich und ihrem Werk wieder einmal von Grund auf zufrieden.

Sie muss vor dem geschlossenen Bahnübergang warten und nutzt die Zeit, um sich unauffällig in den Vorgärten der Anwohner umzusehen, als ihr Blick schlagartig an der Garage von Christian und

Melanie Malvenbeck hängenbleibt. Doris entgleisen die Gesichtszüge. Als sie bemerkt, wie entgeistert sie aussehen muss, holt sie tief Luft und schaut ruckartig in die andere Richtung.

Neben ihr hat ein Auto gehalten, auf der Hutablage eine umhäkelte Toilettenpapierrolle, auf der Heckklappe ein Aufkleber: Ich bremse auch für Amphibien. Paul Bröcker, seines Zeichens Oberstudienrat. Doris nickt ihm angestrengt lächelnd zu. Bloß jetzt nicht in ein Gespräch verwickeln lassen, denkt sie, nur noch nach Hause.

Sekunden später rast ein IC vorbei und die Schranken öffnen sich. Doris winkt Paul Bröcker erleichtert zu, lässt ein paar Autos vorbeifahren und rennt dann fluchtartig, fast panisch nach Hause. Sie läuft ein paar Meter, bis sie außer Atem ist, läuft wieder zügig einige Schritte, geht langsamer, um zu verschnaufen. Dabei schaut sie sich mehrmals um und versucht, so unauffällig wie möglich auszusehen.

Endlich ist sie zuhause. Sie legt die leere Tortenhaube, die sie die ganze Zeit mit sich herumgetragen hat, auf die Fußmatte, um die Hände frei zu haben, dreht den Schlüssel im Haustürschloss um und stößt die Tür auf.

Ihr Mann hat keine Chance, auch nur Hallo zu sagen, geschweige denn, sich zu entschuldigen, warum er den Tisch noch nicht für das Abendessen gedeckt hat. „Stell dir vor, die Melanie!"

Franz Köhler ist gerade auf dem Weg von der Gästetoilette zurück in die Küche und fummelt im Gehen an seinem Hosenschlitz herum.

„Hallo, Doris! Was ist mit der Melanie? Welche Melanie überhaupt?"

„Na, diese Melanie eben. Die den komischen Möwenbeck geheiratet hat." Doris Stimme wird zunehmend schriller. „Die ist doch auch gar nicht von hier. Hab ich nicht immer schon gesagt, dass die komisch ist. Die ist doch auch aus der Stadt. Und die arbeitet, obwohl sie doch zwei Kinder hat, und ..." „Malvenbeck, der Christian heißt Malvenbeck", schneidet Franz ihr das Wort ab und geht an ihr vorbei in die Küche. Die Ruhe in Person.

„Ja, sag ich doch. Stell dir vor, die fährt einen dunkelblauen Golf."

„Na und? Viele Leute haben einen Golf."

„Ja, aber kapierst du denn nicht? Der Unfall vorgestern. Die Irmgard hat doch ein dunkles Auto gesehen. Und die Melanie ist doch heute wegen Kopfschmerzen früher gegangen. Verstehst du? Kopfschmerzen, Unfall, Schleudertrauma."

Franz dreht sich zu Doris um und starrt sie entgeistert an – in der rechten Hand ein Küchenmesser, in der linken ein Stück Oberkohlrabi.

Neue Schnitzkunst braucht das Land

Bruno Breitenbach wohnt mit seiner Frau Gerburg im Ortskern von Altenkörwede. Das alte Fachwerkhaus liegt direkt an den Bahnschienen und in unmittelbarer Nachbarschaft der Köhlers.

Die drei Kinder der Breitenbachs sind alle schon seit Jahren aus dem Haus und kommen mit Kind und Kegel dann und wann zu Besuch. Sehr zur Freude von Gerburg, die dann voller Elan das Komplettversorgungsprogramm für Kinder, Schwieger- und Enkelkinder durchzieht. Ob sie wollen oder nicht.

Vor ein paar Wochen ist Bruno in den Vorruhestand gegangen. Anfangs war es gar nicht so einfach für Gerburg, ihren Bobbi plötzlich den ganzen Tag um sich zu haben. Jahrelang hat sie die Kinder und den Haushalt organisiert und konnte sich darauf verlassen, dass ihr Mann morgens um Punkt sieben das Haus verließ und nachmittags um fünf wieder vor der Tür stand. Es sei denn, er musste noch Lotto spielen, dann wurde es einige Minuten später.

Und jetzt geht Bruno nicht mehr um sieben Uhr aus dem Haus, sondern scharwenzelt den lieben langen Tag um Gerburg herum. Die wiederum fühlt sich dadurch dermaßen in ihrem gewohnten Tagesablauf gestört, dass ihr schon nach kurzer Zeit der

Kragen geplatzt ist und sie ihren Mann vor die Wahl gestellt hat: Sie oder sie. Quasi er oder er. Also, entweder geht sie aus dem Haus und er macht den Haushalt, oder sie bleibt im Haus und er sucht sich eine sinnvolle Beschäftigung. Gnädig hat Gerburg ihrem Mann drei Tage Bedenkzeit eingeräumt. Das war vor drei Tagen.

Es ist Montagmorgen, Bruno sitzt am halb abgeräumten Frühstückstisch und liest den Lokalteil des Halmsdorfer Anzeigers, als ihn ein Geistesblitz durchzuckt. Er springt auf, wirft in der Hektik seinen Stuhl um und die Zeitung in die Margarine, schnappt sich Kappe und Autoschlüssel und jagt aus dem Haus. Als Gerburg aus der Waschküche kommt, sieht sie nur noch, wie die Tür ins Schloss fällt.

„Ja, wo willste denn hin, Bobbi? Zieh dir doch wenigstens was Warmes an!" Doch Bruno ist schon auf dem Weg zum Auto, ohne Jacke und in Pantoffeln.

Als Gerburg die Haustür erreicht, prescht er bereits mit seinem bronzefarbenen Kombi aus der Einfahrt. Jetzt ist der schön gefegte Kies auch schon wieder hin, denkt Gerburg, schüttelt den Kopf und schließt die Tür.

Bruno fährt ohne Umschweife die knapp vierhundert Meter zu seinem Kumpel Helmar, schwingt sich aus dem Auto und klingelt Sturm.

Helmar König ist schon seit einigen Jahren Rentner und vertreibt sich den Tag damit, Kreuzworträtsel zu lösen. Das darf er, wenn er den Müll rausgebracht hat. Da ist seine Frau Loni eisern. Dieser Lebenswandel hat bei Helmar schon körperliche Folgen nach sich gezogen. In den letzten fünf Jahren hat sein Bauchumfang enorm zugenommen. Und die Loni kann nichts sagen, weil sie ja selber die Spannkraft einer angetauten Tiefkühlfrikadelle besitzt.

Helmar schreckt von seinem Kreuzworträtsel auf, schlurft zur Tür und wird von Bruno quasi überrannt, der ohne Punkt und Komma auf ihn einredet: „… Wald, … Bäume, … Kunst, … das große Geld … Was hältst du davon? Bist du dabei?" Helmar hat nur Bruchstücke von dem mitbekommen, was Bruno ihm gerade mitteilen will.

„Nu komm erstmal rein. Du bist ja völlig durch den Wind, Bobbi." Er packt seinen Kumpel am Arm und zieht ihn mit sanftem Druck ins Esszimmer. Eiche rustikal. Zurück in die Zukunft.

„Loni, tust du uns mal zwei? Scheint ein Notfall zu sein", ruft er seiner Frau zu, die mit dem Staubwedel in der Hand eifrig durch das Esszimmer flitzt.

Loni König ist notorisch neugierig und unschlagbar, wenn es um das Abgreifen von Informationen jeglicher Art geht. Am liebsten hört sie Krankheitsgeschichten anderer Leute, die sie dann nur allzu gern ausschmückt und weitererzählt. Was will der Bobbi um diese Uhrzeit schon von ihrem Helmar? Ihr Gehirn läuft auf Hochtouren. Sie nickt Bruno kurz zu und holt dann zwei Flaschen Bier, kellerkalt.

Während Loni auffällig unauffällig um die beiden Männer herumschleicht, Blumentöpfe nach links und nach rechts rückt, alte Fernsehzeitungen stapelt und die Bilder von der Einschulung ihrer Kinder abstaubt, die seit über dreißig Jahren an der Wand hängen, wiederholt Bruno noch einmal seinen genialen Plan: Wo sie doch jetzt so viel Zeit hätten und handwerklich mehr oder weniger begabt seien, könnten sie doch in Holzschnitzkunst machen.

„Zu Ostern machen wir Karnickel und zu Weihnachten Tannenbäume oder Sterne oder sowas."

Helmar sieht Bruno an, als würde er nun komplett an seinem Verstand zweifeln. Deshalb erklärt Bruno ihm das Ganze noch einmal: „Aus Baumstümpfen. Die können die Leute dann schön teuer bezahlen und sich in den Garten stellen. Na, was meinste? Klasse Idee, oder?" Er lehnt sich selbstgefällig zurück und prostet Helmar zu.

Der guckt immer noch etwas belämmert und meint schließlich: „Ja, aber warum soll sich einer ein Holzkarnickel in den Garten stellen?"

„Das weiß ich auch nicht, aber ich sage dir, das ist die Zukunft! Die Leute kaufen alles! Das muss man nur richtig vermarkten! Marketing heißt das Stichwort, Marketing, mein Lieber! Es gibt auch Leute, die stellen sich leuchtende Salzkristalle aus Plastik und mit ´ner Schnur hinten dran auf die Fensterbank." Kaum ausgesprochen, fällt sein Blick auf Loni, die gerade einen leuchtenden Salzkristall aus Plastik mit einer Schnur hinten dran abstaubt, der auf der Fensterbank steht. Bruno schluckt, übergeht seinen Fauxpas leichtfertig und redet sich weiter in Rage.

Als das Bier ausgetrunken ist, hat er es tatsächlich geschafft, Helmar mit seiner Begeisterung anzustecken und von der Idee zu überzeugen.

„Also, abgemacht. Hol´ mich heute Nachmittag ab, dann fahren wir zum Baumarkt und besorgen, was uns noch fehlt." Bruno schlägt mit der flachen Hand auf den Tisch, rülpst einmal vernehmlich und geht zur Tür.

So ambitioniert erlebt man ihn selten. Er ist eher der wortkarge, trockene Typ. Eine warme Mahlzeit und seine Ruhe sind ihm schon genug. Für ihn ist es schon Kulturgut, wenn er zum Furzen auf den Flur geht und nicht die Gäste am Kaffeetisch mit seinen fleuchenden Darmwinden belästigt. Aber seine Wortkargheit hat auch seine Vorteile: Geheimnisse sind bei Bruno bestens aufgehoben. Auch wenn er mit seiner schweigsamen Art seine Mitmenschen manchmal schier in den Wahnsinn treibt.

Umso mehr ist Helmar erstaunt, mit welcher Energie Bruno ihm soeben sein neues Rentnerdasein schmackhaft gemacht hat. Und je länger er darüber nachdenkt, desto besser gefällt ihm die Idee. Er stellt die leeren Flaschen in die Kellertreppe und holt den Anhänger aus der Garage.

Loni verlässt mit hochroten Ohren eilig das Haus.

Gib ihnen Futter!

Spätestens nach der Ansprache von Joachim Kanngießer auf dem Dorffest, weiß auch der Letzte in Altenkörwede Bescheid über den Unfall. Zumindest weiß jeder, dass irgendetwas Schlimmes passiert ist. Was genau, spielt keine Rolle, die Gerüchteküche schäumt auch so. Es kursieren dubiose Anschuldigungen und die irrwitzigsten Ausschmückungen der Geschichte.

Auch Torge und Jan hatten sich mit den anderen Fußballjungs beim Dorffest getroffen und mit halbem Ohr dem Ortsvorsteher zugehört.

Jetzt, am Montagnachmittag, treffen sich die beiden bei Jan zuhause, weil sie dessen Zimmer zur Ermittlungszentrale ernannt haben. Torge hat weder einen Laptop noch einen funktionierenden Drucker, geschweige denn einen schnellen Internetzugang. Kaum haben die beiden die Zimmertür hinter sich zugemacht, sind sie auch schon mitten im Fall.

„Hast du gesehen, wie Dennis reagiert hat, als der Kanngießer von einem Verbrechen gesprochen hat?", platzt Torge heraus. „Der hat geguckt, als ständen schon die Bullen vor der Tür."

„Stimmt, der war plötzlich kreidebleich im Gesicht und ist kurz drauf abgehauen. Schon merkwürdig", antwortet Jan. „Aber du glaubst doch nicht im Ernst, dass der Dennis jemanden tot gefahren hat? Und dann auch noch einfach abgehauen ist." Jan presst die Lippen aufeinander und schiebt sie von rechts nach links. „Lass uns doch erst mal zusammenfassen, was wir überhaupt über den Fall wissen", schlägt er dann vor, schaltet seinen Laptop ein und fängt an zu tippen.

Torge beginnt mit der Auflistung der Fakten: „Ok, klar ist eigentlich nur, dass am Freitagmorgen ein Unfall passiert ist. Gesehen wurde ein dunkler Pkw. Marke und Kennzeichen unbekannt."

Jan tippt hastig auf der Tastatur herum und fährt dann fort: „Außerdem waren kurz darauf Feuerwehr, Polizei und ein Leichenwagen vor Ort."

„Was? Woher weißt du das denn?" Torge reißt erschrocken die Augen auf.

„Ich war doch nachmittags kurz in der Sakristei. Da hatten wir ein Treffen wegen der Jugendfreizeit in den Sommerferien. Ich fahre doch als Betreuer mit."

„Ja, und? Was hat das mit dem Fall zu tun?" Langsam wird Torge ungeduldig.

„Ja, warte ab. Pastor Röhrig unterhielt sich gerade mit der Doris Köhler, der Küsterin. Das heißt, sie hat ihn vollgeschwätzt, der Arme hatte keine Chance. Naja, jedenfalls hatte die Doris wiederum von der Agnes Kochwitz gehört, dass es einen Unfall gegeben und die Feuerwehr die Straße abgesperrt hat. Außerdem will sie Polizei und

Leichenwagen gesehen haben. Wir müssten also nur bei der Feuerwehr und Polizei nachfragen, was an der Sache dran und was genau passiert ist."

„Sehr witzig! Schon mal was von Berufsethos und Schweigepflicht gehört?", wirft Torge ein.

Jan grinst nur und schüttelt fast unmerklich den Kopf. „Man merkt doch immer noch, dass du ein Buiterling bist." „Was bin ich? Pass auf, was du sagst!" Torge springt auf.

„Das heißt nur, dass du zugezogen bist. Also nicht gebürtig aus Altenkörwede. Und hier kennt immer irgendwer irgendwen, der irgendwann irgendetwas ausplaudert. Ich höre mich heute Abend mal vorsichtig um. Mein Vater kennt doch den Christian Malvenbeck ganz gut als Lehrerkollegen. Und der Christian ist in der freiwilligen Feuerwehr."

Torge lässt sich wieder in den Sessel plumpsen. „Gut, mach das. Aber ist dir mal aufgefallen, was uns fehlt in unserem Fall? Egal, ob es sich um einen Unfall oder ein Verbrechen handelt, wir haben gar kein Opfer! Vielleicht sollten wir dort erst mal ansetzen."

Die beiden Jungs verstricken sich in lebhafte Diskussionen und entwickeln die wildesten Theorien, als plötzlich, nach kurzem Klopfen, Frau Bröcker-Hasenau im Zimmer steht.

„Nein, danke, wir möchten weder was trinken noch was essen, Mama!", blufft Jan seine Mutter an, bevor diese überhaupt zu Wort kommt.

Sie schaut kurz irritiert, ignoriert den Kommentar ihres Sohnes dann aber gekonnt und wendet sich an Torge. „Sag mal, Torge, du wohnst doch da hinten in den Siedlungshäusern." Das war mehr eine Feststellung als eine Frage. Deshalb wartet sie auch gar nicht erst eine Antwort ab. „Dann kennst du doch bestimmt auch diese neue Familie aus, aus … ja, egal. So´ne Art Inder sind das. Die sind vor kurzem erst zugezogen. Und jetzt ist die Frau verschwunden. Spurlos. Von jetzt auf gleich. Einfach weg. Das muss …", setzt Frau Bröcker-Hasenau zu einem weiteren Redeschwall an, als sie ein beunruhigendes Scheppern innehalten lässt. Kurz darauf ertönt die Stimme von Herrn Bröcker. „Helgard, wo haben wir denn was zum Aufwischen?" Panik flackert auf in Helgards Augen. Sie dreht auf dem Absatz um und läuft Richtung Küche. „Nichts anfassen, Paul! Warte, ich mach das schon!" Die Jungs schauen sich an und versuchen krampfhaft, nicht laut loszubrüllen.

„Deine Eltern sind echt durchgeknallt", meint Torge, als er sich wieder gefasst hat. „Aber deine Mutter hat uns auf eine Spur gebracht. Ich nehme an, sie meint die Rodríguez. Die kommen zwar aus Spanien und nicht aus Indien, aber egal. Und tatsächlich habe ich Frau Rodríguez auch schon länger nicht mehr gesehen." Jan reißt die Augen auf.

An Motiven mangelt es nicht

Am nächsten Tag in der Schule können Jan und Torge sich kaum konzentrieren, weil sie bis zum späten Abend an ihrem Fall gerätselt haben und verschiedene Szenarien durchgegangen sind. Opfer, Täter, Motive. Je länger die beiden darüber nachdenken, desto mehr Leute kommen in Betracht.

„Ich werde da einfach nicht schlau raus", raunzt Jan Torge zu, der am Tisch hinter ihm sitzt. „Wir müssen auf jeden Fall heute Nachmittag weiter recherchieren." Dabei kippelt er mit seinem Stuhl nach hinten, damit Torge ihn verstehen kann.

„Jan, möchtest du uns das Experiment denn mal vorführen?" Die schneidende Stimme des Chemielehrers lässt Jan zusammenzucken. Torge kann ihn soeben noch festhalten, bevor er mit seinem Stuhl umkippt.

„Äh, ja sicher, Herr Malvenbeck." Jan schleicht nach vorne und schaut sich hilfesuchend um. Er hat keinen blassen Schimmer, was sein Lehrer von ihm will.

„Ich brauche aber einen Assistenten", grinst Jan dann und packt im Vorbeigehen einen Jungen aus der ersten Reihe am Arm. Björn ist zufällig eine Eins in Chemie.

„Du hast auch manchmal mehr Glück als

Verstand!" Torge schlägt Jan kumpelhaft auf die Schulter. Die beiden sind auf dem Weg nach Hause. „Aber warum hat Björn dir denn so bereitwillig geholfen? Ich dachte, ihr könnt euch nicht ausstehen?"

„Ach, mit dem hatte ich noch eine Rechnung offen, vergiss es. Hast du heute Nachmittag Zeit? Es gibt Neuigkeiten und tausend neue Fragen."

„Ja, lass uns um drei vor der Kirche treffen. Am besten, wir sehen uns den Tatort mal genauer an. Ciao!" Torge sprintet los, um den Bus noch zu bekommen.

Kurz vor drei fährt Jan mit seinem Mountainbike auf den Kirchplatz. Er lehnt sein Rad an eine Sitzbank und schaut sich suchend um. Gerade als Torge mit seinem Fahrrad um die Ecke biegt, jagt er los, seine Augen auf einen schwarzen Gegenstand gerichtet, der auf dem Randstreifen der Hauptstraße liegt.

„Was machst du da?" Torge stellt sein Rad ab und geht seinem Freund entgegen. Jan hält ein Stück Kunststoff in der rechten Hand. „Guck dir das mal an. Wenn das nicht ein Stück von einer Stoßstange ist. Und hier hängen noch Haare dran. Krass!"

„Meinst du wirklich, das ist von dem Unfall? Klebt auch Blut daran? Wenn das ein Beweisstück ist, müssen wir das doch bei der Polizei abliefern, oder?" Torge überschlägt sich fast vor Aufregung.

„Jetzt mach mal langsam. Ich habe mir vorhin die Tageszeitung noch mal vorgenommen. Kein einziger Hinweis darauf, dass ein Verbrechen vorliegt und die Polizei ermittelt. Und soviel ich weiß, darf sie erst ermitteln, wenn eine Anzeige vorliegt. So lange niemand eine Anzeige aufgibt, wird auch nicht ermittelt."

„Wow! Woher weißt du sowas?" Torge nickt anerkennend.

„Erstens bin ich Krimigucker und zweitens hab ich gestern zufällig mitbekommen, wie mein Vater mit dem Malvenbeck telefoniert hat. Eigentlich ging es um irgendwelchen Schulkram, aber irgendwie sind sie dann auf den Unfall gekommen. Und ich hab meinen Vater danach ganz unauffällig ausgequetscht. Hab so getan, als würde ich mich für die Polizeilaufbahn interessieren und so. Da hat er voll angebissen. Die machen sich ja jetzt schon Sorgen, was aus mir mal werden soll, und sind froh, wenn ich an irgendwas Interesse zeige."

Torge grinst. „Cool! Und hast du auch was über den Feuerwehreinsatz rausbekommen?"

„Ja, hab ich. Fehlanzeige. Das war nur eine Übung."

Plötzlich erstarrt Torge und rempelt Jan an, der immer noch das Plastikteil in der Hand hält. „Da kommt die Köhler. Pack das Zeug weg!" Er lächelt Doris Köhler an, die mit großen Schritten an den beiden vorbeieilt und nur flüchtig grüßt. Torge grüßt übertrieben höflich zurück, um von Jan abzulenken, der das vermeintliche Beweisstück in ein großes Stofftaschentuch wickelt.

„Na, hat ja doch was für sich, dass deine Mutter dich immer so umsorgt und dir sogar ein frisches Taschentuch einsteckt." Torge kann sich ein Grinsen nicht verkneifen.

„Blödmann!", zischt Jan. „Du solltest lieber die wirklich wichtigen Dinge beobachten! Hast du gesehen, wie nervös die Doris war? Sonst kommt man doch nicht an der vorbei, ohne dass die einem ein Schnitzel ans Ohr labert und gerade ist sie mit hektischen Flecken im Gesicht an uns vorbeigehechelt."

Aus den Augenwinkeln sieht Torge, wie im oberen Stock der Kneipe jemand die Gardine zur Seite zieht. Er dreht den Kopf, um besser sehen zu können. Die Person am Fenster hebt die rechte Hand und verschwindet blitzschnell wieder hinter der Gardine, als sie bemerkt, dass sie beobachtet wird.

„Hast du das gesehen? Das war doch der Stieglitz. Hat der der Doris zugewinkt?" Torge hält den Atem an.

„Scheiße, meinst du, der hat mich erkannt? Lass uns abhauen, bevor der rauskommt."

Jan steht mit dem Rücken zum Nachbarhaus und

hat deshalb die Aktion am Fenster nicht mitbekommen. Er sieht aber die Panik in Torges Augen und steigt eilig auf sein Fahrrad. „Los, wir fahren zu mir nach Hause. Wir haben zu tun!"

Abgründe tun sich auf

Doris ist mittlerweile zuhause angekommen, registriert im Vorbeigehen mit Erleichterung, dass das Auto ihres Mannes noch nicht in der Garage steht, und geht schnurstracks in den Hauswirtschaftsraum. Sie ist so aufgewühlt, dass sie sogar vergisst, ihre Schuhe auszuziehen. Und das ist bei Doris normalerweise oberstes Gebot! Sie reißt den Putzmittelschrank auf und schiebt hektisch die unzähligen Behälter mit Reinigungsmitteln zur Seite. Ganz hinten, noch hinter dem Backofenreiniger, hat sie eine Flasche Wacholder versteckt. Das ist das beste Versteck im ganzen Haus. Ihr Mann weiß wahrscheinlich noch nicht einmal, dass ein Schrank nur für Putzutensilien existiert.

Doris schraubt den Verschluss der Schnapsflasche ab und nimmt beherzt einen kräftigen Schluck. Direkt aus der Flasche. Dann hält sie kurz inne, atmet tief durch und merkt, wie der Wacholder sich wohlig in ihrem Gemüt ausbreitet. Die Flasche stellt sie schnell wieder zurück in den Schrank, als sie hört, wie ein Auto vorfährt.

Währenddessen wollen Jan und Torge die Hauptstraße an einer Fußgängerampel überqueren. Die Ampel springt auf Grün und die beiden wollen sich gerade auf ihre Räder schwingen, als Jan aus den Augenwinkeln einen heranpreschenden Wagen mit Anhänger bemerkt, der keine Anstalten macht, zu bremsen. Er hält Torge am Ärmel fest und zieht ihn zurück. „Pass auf! Der fährt durch!"

Die beiden springen ein Stück zurück, soweit das mit den Rädern an der Hand möglich ist.

„Was war das denn? Spinnt der total?", schreit Jan dem Auto hinterher. Dann schaut er genauer hin. „Das war doch der König, oder nicht? Komm, lass uns da mal hinterherfahren, der fährt hoch Richtung Friedhof." Die Jungs springen auf ihre Räder und jagen dem Auto hinterher.

Am Eingang des Friedhofs endet die befestigte Straße und geht in einen Waldweg über. Als sie dort ankommen, sehen die beiden nur noch, wie Pkw und Anhänger hinter der ersten Kurve im Wald verschwinden.

„Kannst du noch?", fragt Torge seinen Kumpel. Der nickt. „Auf geht´s. Ich will wissen, was die vorhaben." Die beiden quälen sich mühsam den steilen Weg hinauf und wollen schon fast aufgeben, als sie Auto und Anhänger auf einer Lichtung entdecken, versteckt hinter einem Holzstapel. Jan sieht die Männer zuerst, macht Torge ein Zeichen, leise zu sein und zieht ihn hinter eine dicke Fichte. Dort legen sie ihre Räder ab und verstecken sich so gut es geht. Da sie sich in sicherem Abstand zur Lichtung befinden, können sie nur Wortfetzen verstehen.

„Das gibt es doch nicht, der König und der Breitenbach", raunt Jan Torge zu.

„Wieso? Was ist denn? Die räumen hier eben ein bisschen auf im Wald und werfen die liegengelassenen Baumstümpfe auf den Anhänger. Ist doch ok", gibt Torge zurück.

„Ja, schon, das Ding ist nur, der Wald gehört denen gar nicht, sondern meinem Vater! Genug gesehen, lass uns abhauen." Jan macht ein paar Fotos mit seinem Handy, bevor sie ungesehen den Rückweg antreten.

Bei Jan zuhause angekommen, werden sie von Frau Bröcker-Hasenau begrüßt: „Wie seht ihr denn aus? Seid ihr einem Geist begegnet?"

Jan weiß, dass seine Mutter nicht locker lassen wird, will ihr aber auf keinen Fall von den Verdächtigungen erzählen. Deshalb beschränkt er sich auf den Beinahe-Unfall. „Aber es ist ja nichts weiter passiert. Kein Grund zur Aufregung, Mama".

Die sieht das allerdings anders. „Ich soll mich nicht aufregen? Ihr wärt beinahe überfahren worden und ich soll mich nicht aufregen? Und ihr seid euch sicher, dass es der Wagen vom Königs Helmar war?" Die Jungen nicken. Frau Bröcker-Hasenau schnaubt vernehmlich und dreht auf dem Absatz um. Torge schaut Jan fragend an, der zuckt aber nur mit den Schultern. In seinem Zimmer werfen sich die beiden auf Schreibtischstuhl und Sofa.

„Ich glaub es echt nicht. Als wir hierhergezogen sind, hätte ich meine Mutter erwürgen können, wie sie mich in so ein langweiliges Nest verfrachten konnte. Hier passiert nix, dachte ich. Und jetzt sowas." Torge nimmt zwei Dosen Cola aus seinem Rucksack, reicht eine davon Jan und macht die andere mit einem lauten Zischen auf.

„Die fromme Köhler hat ein Verhältnis mit dem fiesen Stieglitz und wir sind Zeugen von einem Holzdiebstahl. Unglaublich!"

„Ich frage mich aber, warum der Breitenbach und der König so gerast sind und uns beinahe noch über den Haufen gefahren hätten. Bin gespannt, was mein Vater dazu sagt", meint Jan.

Jetzt erst fällt Torges Blick auf ein riesiges Flipchart, das hinter der Zimmertür platziert ist. „Cool! Wo hast du das denn her?" „Das Ding da? Das hab ich meinem Vater abgeschwätzt. Er brauchte so eine Tafel für sein Arbeitszimmer und wollte schlau sein und die im Internet ersteigern. Leider hat er das nicht so ganz gerafft und gleich drei davon gekauft. Jetzt darf ich zusehen, wie wir das übrige Teil wieder loswerden. Kann ich ja gleich mal machen."

Jan fährt den Laptop hoch und schreit kurz darauf laut auf: „Waaaaas? Guck dir das an. Ich glaub, ich spinne!" Torge beugt sich über den Rechner, kann aber nicht erkennen, warum Jan sich so aufregt.

„Was ist denn? Kleinanzeigen, ja und?"

„Hier, guck!" Jan tippt hektisch mit dem rechten Zeigefinger auf den Bildschirm. „Ich hab hier Altenkörwede und Umkreissuche eingegeben, um zu sehen, ob und für wieviel hier Flipcharts angeboten werden. Und da tauchen diese Taschen hier auf. Das sind unsere alten Messdienergewänder. Das Emblem der Kirche ist sogar noch halb drauf. Ja, klar, eindeutig!"

Torge kapiert immer noch nicht. „Ich sehe nur Taschen und Babylätzchen. Alles Kram aus hässlichem Stoff, den scheinbar irgendwer übers Internet verschnacken will. Und?"

Jan seufzt genervt. „Pass auf. Vor zwei Jahren ungefähr – damals war ich noch Messdiener – ist auf unerklärliche Weise ein ganzer Satz Messdienergewänder verschwunden. Über zwanzig Stück. Und soviel ich weiß, sind die auch nie wieder aufgetaucht. Damals hieß es, die seien in der Reinigung verlorengegangen, und im Dorf wurden mit großem Trara Spendengelder gesammelt, um neue Gewänder anzuschaffen. Ein Drama war das!"

Bei Torge dämmert es langsam und sein Gesicht hellt sich auf. „Und du meinst, die Dinger sind damals gar nicht verlorengegangen, sondern irgendwer hat sie sich absichtlich unter den Nagel gerissen, daraus Taschen und sowas genäht, und verkauft die Sachen jetzt im Internet?" Torges

Stimme wird immer lauter. „Krass!"

Jan nickt. „Ja, und ich hab auch schon einen Verdacht. Die Bilder sind nämlich sehr unprofessionell gemacht. Guck mal hier." Die beiden gehen Bild für Bild der Anzeige durch und Jan beschreibt, was er meint, wiederzuerkennen.

„Ich war zwar nur einmal bei denen im Haus, aber glaub mir, solch fiese Fliesen in Kombination mit den gruseligen Vorhängen gibt es nur bei …"

In diesem Augenblick klopft es an der Tür und Frau Bröcker-Hasenau prescht ins Zimmer. „Hallo, ihr zwei. Ich hab euch …"

„Danke, Frau Bröcker-Hasenau. Sehr nett von Ihnen", schneidet ihr Torge das Wort ab und nimmt Jans Mutter einen Teller mit Wurstbrotschnittchen aus der Hand. Frau Bröcker-Hasenau schaut etwas irritiert, sieht sich noch kurz verstohlen im Zimmer um und verlässt den Raum ohne ein weiteres Wort.

„Also?", wendet sich Torge wieder an Jan. Der grinst. „Ich lach mich scheckig. Wie du meine Mutter abservierst. Dafür hab ich Jahre gebraucht!"

„Ja, ja. Aber jetzt sag schon: Wen hast du in Verdacht?" Jan wird wieder ernst. „Doris Köhler."

„Jetzt mach aber mal halblang! Gerade haben wir sie verdächtigt, eine Affäre zu haben und jetzt auch noch Internethandel mit Diebesgut?"

„Ja, find ich auch heftig. Aber noch sind es ja nur Vermutungen. Wir brauchen einen Vorwand, um bei ihr ins Haus zu kommen und uns umzusehen."

„Oder du bietest bei einer Auktion einfach mit und stellst sie dann zur Rede. Quasi als Frage an den Verkäufer."

„Das ist noch besser!", antwortet Jan und beginnt eifrig, mit der Maus herumzuklicken.

„So, das war´s für´s Erste. Ich biete auf eine Handtasche. Haha." Jan schiebt den Laptop zur Seite und dreht sich zu Torge um. „Bevor wir unsere Ergebnisse auf dem Flipchart festhalten: Was genau hast du auf dem Kirchplatz beobachtet? Glaubst du wirklich, die Doris und der alte Stieglitz? Igitt!" Jan schüttelt sich theatralisch.

„Kann doch sein. Sie kam doch genau aus seiner Richtung und wirkte total nervös und aufgekratzt, so als hätte sie was zu verbergen. Und beim Stieglitz war jemand am Fenster. Der wohnt doch alleine in dem riesigen Haus, soviel ich weiß, oder?"

Jan schüttelt den Kopf. „Mann, Mann, wenn das der Franz wüsste." Er steht auf und geht zum Flipchart. „Ok, leg los. Was haben wir bisher?"

Best of Loni

Zur gleichen Zeit fahren Bruno und Helmar mit einem vollbepackten Anhänger in die Einfahrt der Breitenbachs. Am Steuer sitzt nun Bruno. Die beiden klettern mit stolzgeschwellter Brust aus dem Auto und werden an der Haustür schon von Gerburg erwartet.

„Wo wart ihr denn die ganze Zeit? Helmar, ich glaube du solltest dich mal zuhause melden. Hast du denn kein Handy dabei? Die Loni hat schon dreimal hier angerufen und gefragt, ob du hier bist. So geht das doch nicht. Ihr benehmt euch mit zunehmendem Alter immer spaßiger!" Die Betonung liegt dabei auf dem kurzen „a".

Sie macht Anstalten, wieder ins Haus zu gehen, als ihr noch etwas einfällt. „Und kommt bloß nicht auf die Idee, mit euren Ackerschuhen hier durch zu latschen! Ich hab gerade alles sauber!" Gerburg wirft den beiden noch einen letzten, strengen Blick zu, schnaubt verächtlich und stapft wieder ins Haus zurück.

Bruno und Helmar stehen wie bedröppelt da, und der ganze Stolz, der sich bei der Holzaktion in ihren Gesichtern festgesetzt hatte, fällt mit einem Mal in sich zusammen.

Bruno hat sich als Erster wieder gefangen. „Ach komm, die beruhigt sich schon wieder. Ruf mal eben die Loni an und dann machen wir weiter." Er reicht Helmar sein Handy und stellt fest, dass Gerburg schon viermal versucht hat, ihn anzurufen.

„Kapier einer die Frauen. Erst wollen sie, dass man sich sinnvoll beschäftigt, und wenn man es macht, ist es ihnen auch nicht recht."

Fünf Minuten später sitzen die beiden auf der Terrasse und erholen sich mit einer großen Erfrischung von den Strapazen des Tages.

Dann geht es an die Arbeit. Die Männer haben etwa die Hälfte der Baumstümpfe vom Anhänger geladen, als Helmars Frau Loni eiligen Schrittes auf den Hof marschiert kommt. Bruno sieht sie zuerst und gibt Helmar ein untrügliches Zeichen, damit der vorbereitet ist auf das, was jetzt kommen mag.

Helmar dreht sich um und geht ein paar Schritte auf seine Frau zu. „Hallo, Lo …" Der Rest bleibt ihm im Halse stecken, als er Lonis zorniges Gesicht erblickt. Die will zu einem Donnerwetter ausholen, als sie plötzlich bemerkt, dass sich bei den Nachbarn jemand hinter der halben Gardine bewegt und augenscheinlich das Fenster einen Spalt öffnet, um dieses Schauspiel mitzubekommen. Doch das gönnt Loni den Nachbarn nicht.

„Ihr beiden kommt mal ganz schnell mit ins Haus!", zischt sie den Männern zu, stelzt zur Haustür und klingelt Sturm. „Hallo, Gerburg, wir müssen dringend ins Haus."

„Was ist denn los?" Doch Lonis Blick lässt keine weiteren Verzögerungen zu. „Wartet, ich mach euch hinten auf." Gerburg schiebt die Haustür wieder zu und öffnet Sekunden später eine Nebeneingangstür. „Kommt hier rein. Ist was passiert?"

Der Raum, den die drei betreten, dient als Proberaum für die drei Mann starke Dorfcombo, bestehend aus Bruno am Saxophon und zwei Mitstreitern an Trompete und Horn, die sich hier einmal wöchentlich treffen. Außerdem werden hier sämtliche gruseligen Hinstellchengeschenke gelagert, die leider überhaupt nicht in Gerburgs Wohnlandschaft passen, aber jederzeit greifbar sein müssen, falls die einst Schenkende plötzlich vor der Tür steht. Dann holt Gerburg das Zustäubchen flugs hervor und stellt es gut sichtbar auf das Sideboard im Wohnzimmer.

In eben jenen Raum verschwinden also nun Loni, Bruno und Helmar. Gerburg hat schnell vier Schnapsgläser und eine Flasche Likör geholt und beginnt einzugießen. „Jetzt setzt euch doch erst mal. Was ist denn los?"

Loni kippt ihr Glas in einem Zug herunter, setzt sich dann endlich und atmet ein paar Mal geräuschvoll ganz tief ein und aus. Die anderen starren sie schweigend und erwartungsvoll an.

„Was habt ihr euch eigentlich dabei gedacht? Wie alt wollt ihr denn noch werden, bis ihr euch wie erwachsene Leute benehmt?", poltert sie schließlich los. „Die Helgard hat mich vorhin angerufen. Sie war völlig aufgelöst. Der Jan irgendwie oder wie der heißt und der andere Junge aus der Siedlung wären fast totgefahren worden. Und zwar von euch. Seid ihr jetzt völlig verrückt geworden?"

Die Männer starren stur vor sich hin und sagen gar nichts. Dann ergreift Gerburg das Wort. „Was? Sag, Bruno, stimmt das?"

Bruno leert sein Glas mit einem Schluck und schaut Gerburg in die Augen. „Es ist ja nichts passiert. Alles in Ordnung. Gut, der Helmar ist ein bisschen zu schnell gefahren, aber ..." Mitten im Satz wird er von Loni unterbrochen. „Du bist gefahren, Helmar?! Ich glaub es nicht! Ihr wisst doch beide ganz genau, dass du mit deinem Restless less leg Dinges, also den unruhigen Beinen nicht mehr Autofahren darfst, solange du nicht auf die neuen Medikamente eingestellt bist. Das ist unverantwortlich!" Lonis Gesicht gleicht nun farblich einer ungarischen Spitzpaprika.

Die beiden Männer sitzen da wie zwei Schuljungen, die gerade beim Rauchen erwischt worden sind. Gerburg nippt an ihrem Likör und grinst. Dann schaut sie Bruno an, der nun auch grinsen muss. Schließlich fangen alle an zu kichern. Bruno gießt Loni noch einmal nach.

„Hier, Loni, nix für ungut. Wird nicht wieder

vorkommen, versprochen."

Erst nach dem dritten Glas beruhigt Loni sich langsam und kann auch über die Sache schmunzeln.

„Es ist doch zum Glück nichts passiert, Loni", wirft Gerburg ein. „Schwamm drüber!"

„Aber trotzdem geht ihr beide noch zu den Bröcker-Hasendingsdas und entschuldigt euch!"

Loni lässt nicht locker.

Allgemeines Seufzen.

Fehlalarm

Am nächsten Morgen müssen Torge und Jan bis zur großen Pause warten, um sich ungestört unterhalten zu können. Jan schaut ziemlich geknickt.

„Was ist los? Hat sie nicht angebissen?" Torge bombardiert ihn mit Fragen, sobald sie außer Hörweite der anderen Schüler sind.

„Was? Wer soll wo angebissen haben?", gibt Jan resigniert zurück.

„Na, die Köhler. Du wolltest doch bei der Auktion mitbieten und sie dann überführen."

„Ach so, nee, hab noch nichts gehört. Die Auktion läuft eh noch bis Freitag."

„Aha. Aber deshalb brauchst du doch nicht so einen Flunsch zu ziehen. Ist doch schon übermorgen."

Jan holt tief Luft. „Wir lagen voll daneben mit unseren Vermutungen. Ich habe gestern meinen Vater auf die Sache mit den Baumstümpfen angehauen und dachte schon, dass er jetzt zum ersten Mal in seinem Leben so richtig austickt. Der ist doch immer so reserviert und steif wie ein Fischstäbchen. Furchtbar!"

„Ja. Und? Wie hat er reagiert?"

„Das mit dem Diebstahl können wir uns abschminken. Hat alles seine Richtigkeit. Der Bruno hat eine neue Geschäftsidee, mit Holzschnitzerei und so, und hat meinen Vater deshalb gefragt, ob sie die Baumstümpfe haben können. Und der ist natürlich froh, wenn er sich nicht selber die Hände schmutzig machen muss."

Torge zuckt mit den Schultern. „Naja, wär ja auch zu krass gewesen." Nach einer langen Denkpause fügt er hinzu: „Aber was ich dann nicht verstehe, ist, warum die so geheizt sind und uns dabei fast angefahren hätten?"

„Ach ja, das hab ich meine Eltern auch gefragt", grinst Jan nun. „Meine Mutter hat natürlich sofort die Loni angerufen und die Geschichte völlig dramatisiert. Wir wären fast totgefahren worden, blabla. Kennst ja meine Mutter. Ja, und dann hat die Loni unter Tränen zugegeben, dass der Helmar eigentlich gar nicht mehr Auto fahren darf, weil er das Restless Leg-Syndrom hat. Das heißt, dem wackeln unkontrolliert die Beine, und gestern konnte er wahrscheinlich einfach nicht mehr bremsen. Die Loni war wohl völlig aufgelöst und meinte, sie wolle mit ihm sprechen und wir sollten bloß niemandem davon erzählen."

„Wir sind schon großartige Ermittler!", meint Torge bloß. Dann klingelt es und die beiden müssen zurück zum Unterricht.

Nach der Schule verabschiedet sich Torge von seinem Kumpel. „Ich muss mich heute mal zuhause blicken lassen. Wir hängen seit Tagen ständig bei dir rum und meine Mutter fängt langsam an zu meckern. Ich hör mich aber noch ein bisschen in der Siedlung um. Wir wissen ja immer noch nicht, was mit Frau Rodríguez ist. Ob sie wirklich als Opfer in Frage kommt."

„Alles klar, mach das. Wir sehen uns morgen. Gehst du am Freitag zum Training? Dann könnten wir uns Dennis mal vorknöpfen."

„Jep, bis dann!" Die beiden klatschen ab und Torge schwingt sich auf sein Fahrrad.

Zuhause angekommen, erledigt er schnell ein paar Dinge, die zu seinen Aufgaben im Haushalt gehören. Seine Mutter und er haben genaue Abmachungen, wer was zu tun hat, und meistens funktioniert das auch gut. Torge ist gerade dabei, die Spülmaschine auszuräumen, als seine Mutter von der Frühschicht nach Hause kommt.

„Hallo, Großer! Na, wie war´s in der Schule?"

Bevor Torge mit weiteren Fragen torpediert wird, geht er zum Gegenangriff über. „Ja, Schule war ok. Mum, sag mal, weißt du zufällig, was bei den Rodríguez los ist? Du bist doch mit denen befreundet?"

„Was meinst du? Was soll da los sein mit der Ines? Und warum interessiert dich das? Schnüffelst du etwa mit dem Jan wieder in irgendwelchen Privatgeschichten rum?" Frau Kablonsky grinst ihren Sohn an. Sie ist froh, dass er so schnell

Freunde gefunden hat und hält das Detektivspielen für kindlichen Übermut.

„Du hast doch mitgekriegt, dass neulich jemand angefahren oder vielleicht sogar ermordet wurde? Es ist immer von einer Frau die Rede. Und weil ich Frau Rodríguez schon einige Zeit nicht mehr gesehen habe, dachte ich …"

„Da dachtest du, sie wäre ermordet und anschließend irgendwo verscharrt worden, wo sie nichts und niemand mehr findet", fällt ihm seine Mutter ins Wort. „Torge, ich glaube da geht deine Phantasie mal wieder mit dir durch. Soviel ich weiß, ist die Ines mit der Kleinen, der Sophia, zu ihren Eltern nach Spanien für ein paar Wochen. Die müssten aber in den nächsten Tagen schon wieder hier sein. Ist der Große nicht auf deiner Schule? Frag den doch mal."

Torge schaut sie enttäuscht an. Schon wieder löst sich eine heiße Spur in Wohlgefallen auf. „Ja, klar, ich frag den Pablo einfach mal, ob er sicher ist, dass seine Mutter im Urlaub oder ob sie nicht vielleicht ermordet worden ist. Super Idee, Mum." Torge verdreht die Augen und wendet sich wieder der Spülmaschine zu.

Frau Kablonsky ist schon auf dem Weg nach draußen, als sie sich noch einmal umdreht. „Aber weißt du, wen ich auf dem Weg von der Nachtschicht nach Hause schon öfter gesehen und mich gewundert habe, was der um diese Uhrzeit auf der Straße macht? Den Franz Köhler. Und das Komische ist, sobald er in seine Straße einbiegt, schaltet er das Licht aus und fährt ganz langsam bis zu seinem Haus. Ist das nicht interessant für angehende Detektive wie euch?" Sie lächelt ihren Sohn an, schnappt sich die volle Mülltüte und verlässt die Küche.

Torge weiß zuerst nicht, ob seine Mutter ihn hochnehmen will, weil sie seine Ermittlerarbeit anscheinend nicht ernst nimmt. Aber dann hellt sich sein Gesicht auf, er räumt im Eiltempo das letzte Geschirr aus der Spülmaschine und zückt dann sein Handy.

Chorprobe

Die Woche ist schon fast wieder um und Helmar König macht sich auf den Weg zur Chorprobe. Seit über drei Jahrzehnten ist er im Männergesangverein Altenkörwede-Halmsdorf aktiv. Und mit dabei sind auch fast alle Männer aus seinem Kegelclub. Man trifft sich alle zwei Wochen donnerstags um neunzehn Uhr bei Kurt. Wo sonst?

Seit das alte Pfarrheim wegen massiven Schimmelbefalls abgerissen werden musste, gibt es in der ganzen Umgebung keinen anderen Proberaum mehr als bei Kurt im kleinen Saal, direkt hinter der Kneipe.

Auf dem Dorffest wurde noch einmal Werbung für den Verein gemacht, der seit etlichen Jahren mit Nachwuchsproblemen zu kämpfen hat. Und tatsächlich sind heute einige neue, junge Männer zur Chorprobe erschienen. Auch Jan ist mit von der Partie. An seinem Gesichtsausdruck ist allerdings abzulesen, dass er nicht ganz freiwillig hier ist. Paul Bröcker, zweiter Vorsitzender des MGV, hat seinen Sohn mehr oder weniger dazu genötigt. Zunächst hat er versucht, Jan gut zuzureden, im Sinne von Tradition und Dorfgemeinschaft; aber als all sein pädagogisches Geschwafel nicht auf Wohlwollen stieß, sah er sich gezwungen, zu anderen Mitteln zu greifen. Was Jan schließlich davon überzeugte, im

Chor mitzusingen, war die Aussicht auf ein halbes Jahr ohne Smartphone und Laptop.

So steht er also hier und jetzt in der Kneipe von Kurt Stieglitz und schämt sich seiner ersten Chorprobe entgegen. In Begleitung von Dennis Krajewski und Kai Altmann, einem Kumpel aus seiner Schule – die beiden sind offensichtlich auch nicht aus freien Stücken hier – schiebt Jan sich am Tresen vorbei und schleicht weiter durch einen schmalen Flur, der zum kleinen Saal führt. Hier steht tatsächlich noch ein Telefon mit Wählscheibe in einem eigens dafür vorgesehenen Telefonregal aus dunkler Eiche, nebst einem handschriftlich bekritzelten Telefonregister mit bordeauxrotem Einband in Kunstlederoptik. Die drei Jungs schauen sich an. Keiner sagt ein Wort.

Beim Betreten des kleinen Saals werden sie augenblicklich vom Charme der siebziger Jahre empfangen. Die meisten Chormitglieder sind schon im Raum und unterhalten sich angeregt. Als endlich alle Herren ein frisch gezapftes Bier in der Hand halten – und das kann dauern; Kurt ist bei einer Gästezahl über zwei schnell überfordert – tritt der Chorleiter nach vorne und bittet um Ruhe.

Dr. Stefan Leimbach, Mitte vierzig und seines Zeichens Tierarzt mit eigener Praxis in Halmsdorf, hat vor einem halben Jahr die Leitung des MGV übernommen. Vor vielen Jahren hat er die

Ausbildung zum Chorleiter neben seinem Studium absolviert und ist das Wagnis MGV AKH eingegangen, als sein Vorgänger mit sechsundachtzig in den Ruhestand gegangen ist.

Noch ist Leimbach motiviert und optimistisch, aus dem vorhandenen Potential einen Chor mit vorzeigbaren Leistungen zu kreieren. Er schätzt aber, dass es Monate dauern wird, die alte Schule seines Vorgängers mit all ihren trägen, eingefahrenen Gewohnheiten aus den Köpfen der Chormitglieder zu verbannen.

Dabei hat er sowieso keinen leichten Stand bei den Leuten im Ort. Schließlich hat er studiert und sich damit automatisch die Arroganzplakette von Altenkörwede erworben. Peng! Da kann man noch so aufrichtig und nett sein – zack ist man raus aus der Dorfgemeinschaft. Hinzu kommt, dass er eingeheiratet, also nur zugezogen ist. Das macht die Sache nicht einfacher.

Stefan Leimbach lässt sich aber nicht beirren von solcherlei vorurteilsbehafteter Muffluft, die ihm seit Jahren entgegenschlägt, und ist nach wie vor hochmotiviert, dem MGV zumindest ein paar Talente abzutrotzen. Und so bittet er wiederholt zur Ruhe und begrüßt zunächst die Neuzugänge.

„Ich freue mich sehr, so viele neue Gesichter zu sehen, und darf euch recht herzlich willkommen heißen. Und besonders freue ich mich auch, dass

Sie, Herr Pastor, bei uns mitsingen möchten!"

Er weiß nicht, dass Pastor Röhrig auch nicht aus freien Stücken hier ist, sondern nach Wochen dem Druck des Kirchenvorstandes nicht mehr standhalten konnte. An vorderster Front hat Franz Köhler immer wieder auf Pastor Röhrig eingeredet, von wegen Vorbildfunktion und Integration in die Dorfgemeinschaft.

Fühlte Pastor Röhrig sich bis dahin schon unwohl in seiner Haut, so macht sich dies nun auch körperlich bemerkbar, als er direkt angesprochen wird und damit im Mittelpunkt steht. Seine Ohren werden schlagartig dunkelrot. Stefan Leimbach bemerkt sein Unbehagen und lenkt deshalb schnell ab: „Bevor ihr euch es doch noch anders überlegt und die Flucht ergreift, lasst uns direkt anfangen. Das Bier mal zur Seite bitte und aufstellen zur Atemübung." Ein Raunen geht durch die hinteren Reihen.

„Was dieser neumodische Quatsch mit dem Atmen immer soll ...", raunt Helmar in die Menge, stellt sich dann aber doch in Position.

Und so folgt ein Lied aufs andere. Nach ein paar Minuten findet Jan es gar nicht mal so übel hier. Zwischendurch sucht er Blickkontakt zu Dennis und Kai, auch die müssen grinsen. Leimbach versteht es wirklich, auch aus dem übelsten Kandidaten das Beste rauszuholen oder jemanden ruhig zu stellen, ohne dass der es merkt. Und auch die jungen Neuzugänge kann er mit modernen, teilweise englischsprachigen Liedern begeistern. Letztere stoßen bei den alten Hasen allerdings deutlich auf Gegenwehr, zu erkennen an einem durchgängigen Gebrummel in den hinteren Reihen. Offen zugeben würde nämlich niemand, wenn ihn etwas stört. Außer Franz Köhler. Er ist der Einzige, der sich traut, vor versammelter Mannschaft auch mal Kritik zu äußern. Aber der ist heute nicht da. Das fällt nun auch dem Chorleiter auf.

„Wo ist eigentlich der Franz heute? Der ist doch sonst immer pünktlich", fragt er in die Runde. Allgemeines Gemurmel. Die Sangesbrüder nehmen die Zwischenfrage als willkommene Unterbrechung und widmen sich wieder ihren halbvollen Biergläsern. Eine richtige Antwort bekommt Leimbach nicht.

Bruno trinkt sein Bier in zwei langen Zügen aus. „Kurt, tust du uns noch ´ne Runde?"

Leimbach setzt gerade dazu an, mit der Probe fortzufahren, stoppt dann aber mitten im Satz und klappt seinen Mund resigniert wieder zu, als er merkt, dass er einfach ignoriert wird. „Ok, dann machen wir eine kurze Pause", murmelt er mehr zu sich selbst als zu den anderen.

Plötzlich platzt Franz Köhler mit hochrotem Kopf in den Saal. Schlagartig verstummen die

Gespräche und alle starren ihn an. Franz schluckt und seine glühend roten Ohren scheinen jeden Moment vom Kopf zu fallen. Dann gibt er sich einen Ruck, winkt den Wirt zu sich, bestellt ein Pils und versucht die unangenehme Situation zu überspielen.

„Haha, Reifenpanne, ha, ihr wisst ja wie das ist, haha, Abschleppdienst, blabla …" Die anderen wenden sich schon wieder ab und niemand hört ihm mehr zu. Nur Jan kommt die Situation äußerst merkwürdig vor und er nimmt sich vor, die offensichtlich erfundene Geschichte von der Reifenpanne weiter zu verfolgen.

Eine gute Stunde später ist die Chorprobe zu Ende und die Jüngeren verabschieden sich schnell. Beim Verlassen des Saals wirft Jan Franz Köhler noch einen letzten Blick über die Schulter zu. Dessen Gesichtsfarbe hat sich zwar wieder normalisiert, er scheint aber immer noch nervös zu sein.

Vor der Kneipe bleibt Jan abrupt stehen, sodass die nachfolgenden Jugendlichen ihn beinahe umrempeln. „Hey, spinnst du? Warum gehst du nicht weiter?", blafft Dennis ihn an.

„Das ist doch der Wagen von dem Köhler, oder?", fragt Jan, ohne auf Dennis einzugehen. Er leuchtet mit der Taschenlampe an seinem Handy hinein. Dann geht er einmal um den Wagen herum.

Der Außenspiegel auf der Fahrerseite ist völlig verbogen. „Merkwürdig", murmelt Jan.

„Kommst du jetzt?", drängelt Kai und reißt Jan aus seinen Gedanken. Die drei Jungs treten den Heimweg an.

Voll erwischt!

Jan brennt darauf, Torge von seinen neuesten Erkenntnissen zu berichten. Aber gestern Abend war es schon zu spät, um ihn noch anzurufen und heute Morgen war Torge nicht in der Schule. Komisch. Auf dem Nachhauseweg macht Jan deshalb einen Umweg, um kurz bei ihm vorbeizuschauen. Er hat kaum an der Hauseingangstür geklingelt, schon geht der Türsummer und aus dem Lautsprecher ertönt ein krächzendes „Komm hoch!"

Jan nimmt drei Stufen auf einmal und rennt Frau Kablonsky fast um, die gerade die Wohnung verlässt.

„Hallo, Jan, gut, dass du da bist. Ich muss zur Arbeit. Kannst du bitte ein Auge auf Torge werfen? Es ist was Schreckliches passiert." Sie dreht sich noch einmal um und ruft ihrem Sohn zu, der zur Tür geschlichen kommt: „Ich versuche, etwas früher Feierabend zu machen. Wenn was ist, ruf mich auf dem Handy an, ok? Bis heute Abend!"

„Mach dir keine Sorgen, ich komm schon klar. Ciao, bis heute Abend!", ruft Torge ihr hinterher. Jan hat stirnrunzelnd zugehört.

„Hey, Alter, was ist denn passiert? Hast du die ganze Nacht gekotzt? Du siehst ja aus, als wärst du von einem Vierzigtonner überrollt worden."

„Das ist schon nah dran", meint Torge und grinst gequält. „Komm erst mal rein, ich erzähl dir alles in Ruhe."

Die beiden machen es sich in der Küche bequem, wo noch die Reste vom Mittagessen auf dem Tisch stehen. Spaghetti mit Tomatensoße. „Möchtest du was essen? Ist noch genug da", meint Torge und holt einen sauberen Teller aus dem Schrank.

„Hmm, gerne. Weißt du was, ich ruf besser mal eben zuhause an, ich hab nämlich auch was zu erzählen und das kann länger dauern. Sonst kriegt meine Mutter wieder ´ne Krise, wenn sie mit dem Essen auf mich warten muss." Er greift zum Handy, wählt die Nummer von zuhause und stopft sich gleichzeitig einen Batzen Nudeln in den Mund. Beim Sprechen verdreht er die Augen und legt kurze Zeit später auf.

„Boah, dass die immer so eine Welle machen muss. Meine Mutter war gar nicht begeistert, aber egal. Jetzt erzähl! Was ist passiert?" Während Jan weiter Nudeln mit Tomatensoße in sich reinschaufelt, beginnt Torge zu berichten: „Ich hab dir doch erzählt, dass ich jetzt einen Job habe und seit ein paar Wochen den Kurier austrage." Jan schaut vom Teller hoch und nickt. „Gestern Abend war ich auch wieder unterwegs. Ich hatte gerade das Oberdorf fertig und stand schon auf der Verkehrsinsel, um die Hauptstraße zu überqueren, als ein Wagen aus Richtung Halmsdorf mit mindestens hundert Sachen an mir vorbeirauscht und mich mit dem Außenspiegel touchiert. Guck mal hier." Torge zieht sein T-Shirt hoch.

„Was?", brüllt Jan, und vor Schreck reißt er Augen und Mund soweit auf, dass ihm die letzte Ladung Spaghetti wieder aus dem Mund fällt. Ein riesiger blauer Fleck prangt auf Torges linkem Rippenbogen. „Ist was gebrochen?"

„Nee, zum Glück nicht. Nur geprellt, aber auch das tut schon höllisch weh. Ich war heute Morgen beim Arzt. Der meinte nur, das muss so wieder heilen, man kann nichts machen. Aber Fußball kann ich wohl die nächste Zeit vergessen."

„Ja, und wer war dieser Idiot? Den kannst du auf Schmerzensgeld verklagen, Schulausfall, psychisches Trauma. Hab ich mal im Fernsehen gesehen. Da hat ein Typ …" Torge unterbricht ihn mit einer wegwischenden Handbewegung.

„Vergiss es, der Typ ist einfach weitergefahren. Und ich hab Glück gehabt, dass gerade kein Auto auf der Gegenseite gekommen ist. Es hat eine Zeit gedauert, bis ich mich wieder aufgerappelt und die ganzen Zeitungen aufgesammelt habe. Doris Köhler hat mich gesehen, kam angelaufen und hat mir geholfen."

„Und du hast den Fahrer oder zumindest das Auto nicht erkannt? Und die Doris hat auch nichts beobachtet? Die sieht doch sonst immer alles." Jan ist mittlerweile fertig mit dem Mittagessen und lehnt sich zufrieden zurück.

„Nein, die hat angeblich nichts gesehen und sonst war auch niemand auf der Straße. Ich weiß nur, dass es ein dunkles Auto war." Resigniert lehnt sich Torge nun auch zurück und zuckt dabei vor Schmerz zusammen.

„Ich hab aber so einen Verdacht, wer das gewesen sein könnte", grinst Jan ihn an und beginnt von seinem gestrigen Abend zu erzählen.

Torge hält sich zwischendurch die Rippen vor Schmerzen und weiß nicht, ob er lachen oder weinen soll. Als Jan schließlich von den Beobachtungen an Köhlers Auto erzählt, wird er hellhörig.

„Wie bitte? Du meinst echt, der Köhler hat mich angefahren?" Nach einem kurzen Moment fügt er hinzu: „Das würde allerdings die Reaktion von seiner Frau erklären. Ich hatte mich schon gewundert, warum die so schnell zur Stelle war, aber angeblich nichts gesehen haben will."

„Genau! Weil sie nämlich sehr wohl ihren eigenen Mann erkannt hat, ihn aber natürlich nicht beschuldigen will."

„Die Frage bleibt aber, warum ist der Köhler gefahren wie eine Wildsau? Was hat er zu verbergen? Und wo kam er her?" Torge gerät ins

Grübeln und blättert dabei gedankenverloren in einem Werbeblättchen, das auf dem Tisch liegt.

„Das ist es!", ruft Jan plötzlich. Torge zuckt erschrocken zusammen. „Was?"

„Wir gehen zur Polizei und zeigen ihn wegen Körperverletzung und Fahrerflucht an." Jan ist ganz euphorisch.

„Ist klar. Und bei der Gelegenheit fragen wir ihn so nebenbei, wo er eigentlich herkam und ob er nicht eventuell noch mehr Dreck am Stecken hat." Torge verdreht die Augen. „Pff …, die Geschichte nimmt uns doch keiner ab. Wir haben keine Zeugen und keinerlei Beweise", gibt er zu bedenken.

„Aber wenn wir rausbekämen, wo er herkam und warum er so schnell gefahren ist, hätten wir etwas gegen ihn in der Hand. Lass uns da auf jeden Fall dranbleiben. So, ich muss mal langsam los. Mach, dass du schnell wieder fit wirst. Bis morgen dann!" Jan macht sich auf den Heimweg, während Torge über seine Worte nachdenkt. Wenn wirklich der Köhler …

Oberkohlraben

„Achnes, bist du das? Irmgard hier. Stell dir mal vor, die Leimbachs fahren schon wieder in den Urlaub. Wo die doch neulich erst noch Skifahren waren. Also nee, weißte, die Praxis muss aber …"

„Ja und? Gönn´ es ihnen doch. Schließlich arbeiten sie ja auch genug dafür." Agnes Kochwitz unterbricht ihre Freundin knallhart. Irmgard schnappt nach Luft: „Äh, ja natürlich. Ja sicher gönn´ ich denen das. Was denkst du denn? Na, ist ja auch egal. Ich wollte auch nur mal hören, was deine Oberkohlraben machen. Meine wollen irgendwie nichts werden dieses Jahr. Und hat dein Werner schon den Rasen gemäht? Hach, der Hermann lässt sich da immer viel zu viel Zeit. Und dann sind wir wieder die Letzten im Dorf, die den Rasen mähen. Stell dir das mal vor! Schrecklich! Das war ja letztes Jahr vielleicht eine Blamage …" Sie schwallt und schwallt.

Agnes ist heute allerdings wenig an Irmgards Lästereien interessiert und hört nur halbherzig zu. Sie hat den Telefonhörer zwischen Ohr und Schulter geklemmt, hält mit der linken Hand das beigefarbene Telefon samt Kabel fest, und zupft mit der rechten Hand ein paar verwelkte Blüten von den Orchideen auf der Fensterbank. Beiläufig schiebt sie die weiße Gardine zur Seite und öffnet das Fenster, das zur Straße zeigt. Nach einer ganzen Weile nutzt sie eine Atempause von Irmgard und grätscht dazwischen: „Hast du eigentlich mal was Neues von dem Unfall gehört?" Das war Öl auf Irmgards Mühlen. Sofort platzt sie mit den neuesten Gerüchten heraus. Agnes hört angespannt zu.

„Die haben den Dennis verhaftet? Bist du sicher? Nein, das gibt es doch nicht. Das war doch immer so ein lieber Junge …"

In diesem Augenblick fahren Jan und Torge mit ihren Fahrrädern am Haus der Kochwitzes vorbei. Mittlerweile ist über eine Woche vergangen, Torge kann sich wieder normal bewegen und ist mit Jan auf dem Weg zum Fußballtraining. Durch das gekippte Fenster schnappt Torge die letzten Wortfetzen von Agnes unfreiwillig auf und bremst abrupt ab. Jan muss einen Schlenker machen, um nicht mit ihm zusammenzustoßen. Nach ein paar Metern dreht er um.

„Spinnst du? Warum …?" Weiter kommt er nicht, weil Torge ihm ein Zeichen macht, den Mund zu halten. Er kauert an der Hausecke, direkt neben dem geöffneten Fenster. Jan steigt vom Rad und hockt sich neben Torge. Die beiden lauschen dem Gespräch von Agnes, bis diese das Fenster wieder schließt. Dann schwingen sie sich auf ihre Räder und fahren weiter zum Sportplatz. Dort angekommen, platzt Jan fast vor Neugier.

„Was hat sie denn am Anfang gesagt? Ich kapier nix mehr. Jetzt sag schon!" Sie sind die Ersten beim Training und können sich ungestört unterhalten.

„Die hat nach dem Unfall gefragt und dann irgendwas erzählt, dass Dennis von der Polizei festgenommen worden sei. Und den Rest hast du ja selber gehört."

Nach und nach treffen die anderen Jungs ein und die beiden müssen ihre Unterhaltung stoppen. Das Training beginnt.

Dennis Krajewski fehlt.

Das Verhör

Nach dem Training haben Jan und Torge keine Gelegenheit mehr, sich ungestört zu unterhalten. Ihre Blicke verraten aber, dass die Abwesenheit von Dennis beiden äußerst merkwürdig vorkommt.

Am nächsten Vormittag treffen sie sich, um der Sache auf den Grund zu gehen.

„Mensch, wo bleibst du denn?", blafft Jan Torge an, als er ihm die Haustür öffnet. Torge schlägt eine Duftwelle von abgestandenem Kohlrabiauflauf entgegen und er weicht einen Schritt zurück.

„Ja, sorry, hatte vergessen, dass ich diesen Samstag dran bin mit Hausputz. Meine Mum, Franka und ich wechseln uns immer ab."

Jan wird leise. Wieder einmal wird ihm bewusst, wie unterschiedlich sie doch leben. Seine Eltern sind zwar extrem nervig, aber im Haushalt muss Jan so gut wie gar nichts tun.

„Ok, wusste ich nicht. Sorry! Dann lass uns jetzt gehen." Er schnappt sich seinen Rucksack und ruft seiner Mutter beim Rausgehen zu, dass sie mit dem Essen nicht auf ihn warten soll. Dann fällt die Haustür hinter ihm ins Schloss und er schiebt Torge Richtung Carport, wo er sein Fahrrad geparkt hat.

„Pass auf, ich hab mir Folgendes überlegt: Samstagvormittags schraubt Dennis doch immer an seinem Auto rum. Wollen wir nicht einfach mal da vorbeifahren und ihn zur Rede stellen?"

„Was willst du ihn denn fragen? Ob er Frau Rodríguez überfahren hat?" Torge schnaubt, steigt dann aber auf sein Rad und fährt Jan hinterher.

Familie Krajewski bewirtschaftet einen Bauernhof und wohnt am Rande von Altenkörwede. Mit dem Fahrrad sind die Jungs deshalb eine Weile unterwegs. Sie lassen ihre Räder langsam in die Hofeinfahrt rollen und lehnen sie an eine Hecke.

Torge wird die Situation zunehmend unangenehm und er schleicht Jan mit zittrigen Knien hinterher. Auch der versprüht nun nicht mehr das Selbstbewusstsein von gestern Abend und schaut sich ein paar Mal nach seinem Freund um, bis sie um die Hausecke biegen, wo sie Dennis vermuten. In einer alten Scheune bastelt der nämlich bei jeder Gelegenheit an seinem Auto herum. So auch jetzt.

Die beiden bleiben abrupt stehen. Was sie sehen, lässt den Verdacht gegen Dennis noch erhärten. Dennis hat die beiden bemerkt und rutscht unter seinem aufgebockten Auto hervor.

„Hi! Na, das ist ja ´ne Überraschung! Was macht ihr denn hier? Wollt ihr was trinken?" Dennis ist so cool und locker wie eh und je, wischt sich seine ölverschmierten Hände an einem dreckigen Tuch ab, dass er aus der Tasche seiner Arbeitslatzhose zieht, und geht in die Scheune.

„Äh, hi. Ja, nein, doch, klar, gerne." Jan stottert

vor sich hin, während Torge die Angst ins Gesicht geschrieben steht und er Anstalten macht, einfach wieder umzudrehen und wegzulaufen. Doch da kommt Dennis schon zurück, mit einer Flasche Cola und drei Gläsern in der Hand. Er zeigt auf eine Holzbank und zwei Stühle, die um einen grob gezimmerten Tisch gruppiert sind, der wohl schon bessere Tage erlebt hat.

„Setzt euch. Was ist denn los? Ist was passiert? Ihr guckt mich ja an, als wäre ich ein Schwerverbrecher." Dennis zieht mit einer Hand eine schwere Axt aus einem Holzklotz, legt sie zur Seite und lässt sich dann auf den Baumstamm plumpsen.

Jan stößt Torge ein paar Mal an, bis der sich endlich bewegt und sich auf die Bank setzt. Jan schnappt sich einen Gartenstuhl und setzt sich dazu.

„Ja, also, ähm, wir wollten nur mal hören, also, du warst ja gestern nicht beim Training und wir haben gehört, die Polizei hätte dich verhaftet und …" Torge wird immer leiser und stockt schließlich ganz, als Dennis erst die Stirn runzelt und dann plötzlich über das ganze Gesicht grinst.

„Nee, ne? Was ist los? Es wird erzählt, dass ich im Knast sitze? Und ihr glaubt das auch noch? Wer setzt denn schon wieder solche Gerüchte in die Welt? Manche Leute haben auch echt nichts anderes zu tun, als sich das Maul über andere zu zerreißen!" Dennis kommt nun richtig in Fahrt, springt auf und geht in schnellem Tempo auf und ab. Jan und Torge wissen nicht genau, ob Dennis sauer wird oder auf solche Gerüchte pfeift.

„Auf solche Gerüchte pfeife ich. Ich habe tatsächlich Bekanntschaft mit der Polizei gemacht. Festgenommen haben die mich aber nicht. Wollt ihr wissen, was die Polizei wirklich von mir wollte?" Dennis setzt sich wieder und schenkt allen ein Glas Cola ein.

„Ich hab mein Auto ein bisschen aufgemotzt, naja, tiefergelegt, den Auspuff getunt und solche Sachen. Und das war nicht alles so ganz legal. Und neulich, am Tag als der Unfall da bei der Kirche passiert ist, bin ich dummerweise in eine Verkehrskontrolle geraten und die haben meine Karre konfisziert. Ich durfte noch bis nach Hause fahren und muss die Sachen jetzt wieder zurückbauen. Plus 120 Ocken Strafe. Shit."

Jan und Torge nicken mitfühlend. Dann gibt sich Torge einen Ruck und fragt nach: „Das heißt, du hast gar nichts mit dem Unfall zu tun?"

Dennis bekommt einen Schluck Cola in den falschen Hals und hustet. „Wer? Ich? Wie kommst du denn darauf? Nein, die Verkehrskontrolle war viel später. Ich hatte eine Freistunde und wollte mal eben nach Halmsdorf in den Autoshop. Da haben die Bullen mich rausgefischt."

Torge ist erleichtert. „Puh, ich konnte mir auch nicht vorstellen, dass du Fahrerflucht begehst."

Auch Jan ist die Erleichterung anzusehen, dass sein Kumpel nichts mit dem Unfall zu tun hat. „Aber warum warst du dann gestern nicht beim Training?"

Dennis grinst. „Ganz ehrlich? Mein Vater hat die Sache mit der Polizei gestern erst mitbekommen und einen fürchterlichen Aufstand gemacht. Und gestern Abend hat er mich zum Stallausmisten verdonnert."

Torge und Jan grinsen sich an und prosten Dennis zu.

Völlige Resignation

Die Wochen vergehen und mittlerweile ist im Ort keine Rede mehr von dem Unfall, geschweige denn einem vermeintlichen Verbrechen. Schlagzeilen wie „Wettbewerb um die schönste Schützenkönigin im Kreis" oder „Mucki hoppelt allen davon – 1. Preis bei Hasenausstellung" sowie ein Streit um die Friedhofsordnung beherrschen das Bild der heimischen Presse. Nur für Jan und Torge scheint der Fall überhaupt noch ein solcher zu sein. Auch wenn sich nach und nach alle Verdachtsmomente in Luft auflösen.

Die beiden sitzen mal wieder in Jans Zimmer und versuchen den Fall zum wiederholten Male aufzudröseln. Auf dem Flipchart sieht es aus wie nach Kyrill: Einst verdächtige Personen sind wieder durchgestrichen, Verbindungslinien, mutmaßliche Motive, Opfer und Beweise mit großen Fragezeichen versehen.

„Bleibt uns nur noch die Fahrzeugbeschreibung." Jan tippt mit einem dicken Textmarker gegen das Flipchart. „Im Zeitungsbericht von damals hieß es, ein dunkler Pkw wäre am Unfall beteiligt gewesen."

„Du willst doch jetzt nicht im Ernst alle Werkstätten in der Umgebung abklappern und nach einem Unfallwagen fragen, von dem wir weder Farbe noch Fabrikat kennen." Torge lässt sich resigniert auf das Sofa fallen und verdreht die Augen. „Nichts für ungut Jan, aber ich glaube mittlerweile auch, dass es keinen Fall gibt. Wir haben weder Täter noch Opfer. Sieh es ein: Es gibt keinen Fall, es hat nie einen gegeben und in diesem verpennten Kaff wird es auch nie einen geben."

Jan setzt sich auf seinen Schreibtischstuhl und dreht sich ganz langsam um sich selbst. Das geht ein paar Minuten so und keiner von beiden sagt etwas. Schließlich steht Torge auf und verabschiedet sich. „Ok, wir sehen uns Montag in der Schule. Ciao."

Jan reißt die Augen auf. „Das ist es! Oh Mann, sind wir blöd!" „Was hast du jetzt wieder für einen Geistesblitz?" Torge dreht sich nochmal um und schaut Jan genervt an. Jan ist nun auch aufgesprungen. „Weißt du noch der Unfall neulich, als du angefahren wurdest?" Torge zuckt mit den Schultern. „Ja, sicher weiß ich das noch. Was ist denn das jetzt für ´ne Frage?"

„Wir hatten doch den Verdacht, dass es sich um den Köhler handelt, sind dem aber irgendwie doch nicht nachgegangen." „Ja, da kamen die Klausuren dazwischen, das Fußballturnier und wir haben nicht mehr dran gedacht", stimmt Torge ihm zu.

„Genau, und da könnten wir doch nochmal ansetzen. Es wird schwierig nach so langer Zeit, aber wir müssten herausfinden, wo der Köhler an dem Abend herkam. Und was noch wichtiger ist:

Hat er ein Alibi für den Unfall bei der Kirche? Kann doch sein, dass er mit seinem Amt im Kirchenvorstand und seinem Einfluss im Dorf vermeintliche Zeugen ruhig gestellt hat." Erwartungsvoll schaut Jan Torge an.

„Ok, ich denk drüber nach. Deine Theorie ist schon ziemlich an den Haaren herbeigezogen, aber wer weiß, vielleicht hast du ja doch recht. Ich muss aber trotzdem jetzt los. Wir sehen uns."

Jan hebt nur kurz die Hand, dreht sich wieder zu seinem Schreibtisch und hackt wie wild auf der Tastatur herum.

Gönnen können

Bruno und Helmar sind in den vergangenen Wochen mit Vollgas in ihr neues Rentnerprojekt gestartet und zumindest Bruno geht in dieser Geschäftsidee völlig auf. In jeder freien Minute wird gesägt, geschnitzt, geklebt und gemalt. Wobei Bruno sowohl den handwerklichen Part als auch die gesamte Organisation und Vermarktung übernimmt. Helmar ist eher sein Handlanger, hält sich aber selbst für extrem geschickt und wichtig.

Sogar Gerburg ist mittlerweile von der Idee ganz angetan und unterstützt ihren Mann, wo sie nur kann. Sie versorgt ihn und Helmar mit Schnittchen und hilft sogar beim Schleifen und Bemalen der Figuren. Helmar fährt zwischendurch immer mal wieder nach Hause, zumindest beim Mittagessen muss er sich dort blicken lassen. Seine Loni hat ihre Eifersucht mittlerweile ganz gut im Griff, und Gerburg hat soweit auf sie eingeredet, dass sie von der Idee mit der Skulpturenschnitzerei auch gar nicht mehr so abgeneigt ist. Außerdem versucht sie, die Geschicke von Loni als eine der Multiplikatorinnen im Ort zu nutzen, und setzt sie unwissentlich in der Vermarktung der fertigen Skulpturen ein: Der halbe Vorgarten der Königs ist mit Holzfiguren zugestellt und Loni wird nicht müde, bei jeder sich bietenden Gelegenheit von der tollen neuen Geschäftsidee ihres Mannes zu erzählen. Dass es gar nicht Helmars Idee war, lässt sie dabei leichtfertig unter den Tisch fallen.

Im Dorf hingegen kommt der plötzliche Erfolg von Bruno und Helmar gar nicht gut an. Die Geschäfte laufen auf Hochtouren, aber nur außerhalb von Altenkörwede. Allein Dr. Leimbach bewundert die Geschäftsidee und hat seine Tierarztpraxis mit diversen Holzskulpturen ausgestattet.

Im Ort selbst kauft sonst niemand eine Figur und es spricht auch niemand darüber. Zumindest nicht mit Bruno und Helmar direkt. Hinter dem Rücken laufen mancherorts die Telefonleitungen heiß.

„Achnes, ich bin´s, Irmgard. Stell dir vor, jetzt macht der Bruno auf seine alten Tage noch einen auf Geschäftsmann. Ja, da wirste doch bekloppt. Der meint auch, er wäre was Besseres. Schimpft sich jetzt plötzlich Wutkreatur oder so ähnlich. Ich meine ja, Schuster bleib bei deinen Leisten! Ich werd´ ihm jedenfalls nichts abkaufen. Nee, für so einen Schnickschnack gebe ich kein Geld aus, und außerdem, wenn der Bruno sowas macht, dann kann das ja nix sein."

Einen Moment hält Irmgard Hofrichter inne, um Luft zu holen und Agnes Kochwitz ergreift die Chance, sie zu unterbrechen: „Wood Creator heißt das, Irmgard. Ist doch toll, wenn jemand mal was

Neues ausprobiert. Lass ihn doch." Langsam ist Agnes es leid, die Lästereien von Irmgard mit anzuhören und immer öfter traut sie sich, ihr Contra zu geben.

„Äh, was?", kommt vom anderen Ende der Leitung. „Sag nicht, du kaufst dir so eine Eule und stellst sie dir in den Garten und bezahlst auch noch teuer dafür? Damit die Breitenbachs noch einmal mehr in den Urlaub fahren können, oder was?" Es folgt ein trockenes Lachen.

„Nee, eine Eule kauf ich nicht." „Na, dann ist ja gut, ich dachte auch schon", setzt Irmgard an. „Aber ein wunderschöner, Banjo spielender Maulwurf schaut mich aus meinem Garten an." Agnes schaut unter der Gardine her, die sie an einer Stelle hochgebunden hat. Nein, diesmal lässt sie sich nicht niedermachen, bleibt bei ihrer Meinung und genießt den Moment der Stille. Zum ersten Mal ist Irmgard sprachlos. Schließlich beendet Agnes das Gespräch. „So, ich muss dann auch mal wieder. Hab Kohlräbchen auf dem Herd. Wir hören uns." Agnes legt auf, zwinkert dem hölzernen Maulwurf zu und geht erhobenen Hauptes in die Küche.

Der Neue

Am Samstag darauf treffen sich Jan und Torge in der Dorfmitte, um noch einmal den Abend zu rekonstruieren, an dem Torge angefahren wurde. Jan hat mittlerweile im Internet nach auffälligen Veranstaltungen im Umkreis recherchiert, die das merkwürdige Verhalten von Franz Köhler erklären könnten. Seine Theorien reichen von einer Schwulenbar bis hin zu Drogengeschäften. Torge, der die Sache wie immer etwas verhaltener angeht, bremst ihn in seinem Enthusiasmus: „Ich glaube echt, deine Phantasie geht wieder mit dir durch. Vielleicht hat der Köhler ja auch nur dieses Restless Leg-Ding oder musste aufs Klo oder wurde irgendwo aufgehalten und wollte nicht zu spät zur Chorprobe kommen."

„Aber davon rede ich doch die ganze Zeit. Wer oder was hat ihn aufgehalten? So nervös wie der war an dem Abend, steckt irgendwas anderes dahinter. Und das gilt es herauszufinden. Zu blöd, dass ich noch keinen Mofaführerschein habe, sonst könnten wir uns hier in der Gegend mal umsehen."

Torge überlegt kurz, dann erhellt sich sein Gesicht. „Ich könnte meine Schwester bequatschen, dass sie uns mit ihrem Auto ein bisschen durch die Gegend fährt. Die hat heute frei und ist dran mit Hausputz. Wenn ich ihr anbiete, einen Teil davon zu übernehmen, fährt sie uns bestimmt gerne. Vor allem, wenn wir wie zufällig bei ihrem neuen Schwarm vorbeifahren." Die Jungs klatschen ab und schwingen sich auf ihre Räder.

Tatsächlich ist Franka Kablonsky gerade mit Fensterputzen beschäftigt, als Torge und Jan die Wohnung betreten. Frau Kablonsky hat Frühschicht, wie so oft samstags.

Torge erklärt seiner Schwester ohne Umschweife, was sie geplant haben und kann sie auch prompt davon überzeugen. Franka streift die Putzhandschuhe ab, telefoniert kurz, legt ihrer Mutter einen Zettel auf den Küchentisch, und schon verlassen die drei die Wohnung.

Franka fährt einen alten Golf, nicht sehr komfortabel, aber die Jungs sind froh, dass ihr Plan aufgeht und quetschen sich ohne Murren auf den Rücksitz. Der Vordersitz muss für Frankas Freund frei bleiben.

„Wer ist denn eigentlich der Neue von deiner Schwester?", zischt Jan seinem Kumpel zu, als Franka zum wiederholten Mal erfolglos versucht, das Auto zu starten.

„Gute Frage, keine Ahnung. Ich krieg nur mit, dass sie in letzter Zeit in jeder freien Minute am Handy klebt und auf Wolke sieben durch die Gegend schwebt."

Endlich springt der Wagen an und nur wenige

Minuten später hält Franka in der Hofeinfahrt der Krajewskis.

„Was willst du denn hier? Ich dachte, wir holen deinen neuen Typen ab?" Torge schaut seine Schwester fragend an.

„Ja, machen wir ja auch." Franka steigt aus und lässt die verwirrten Jungs zurück. Dann fällt bei Jan der Groschen. „Dennis? Dennis Krajewski ist der Lover von deiner Schwester?" Er kriegt sich nicht mehr ein vor Lachen und schlägt Torge kumpelhaft auf die Schulter. Der hat nun auch endlich kapiert und klatscht sich mit der rechten Hand vor die Stirn. „Ach du Scheiße. Sieht ganz so aus."

Franka und Dennis kommen händchenhaltend zum Auto. „Hi, wo soll es denn hingehen?" Dennis steigt vorne ein. Dass er mit der Schwester seines Kumpels zusammen ist, scheint ihm überhaupt nicht peinlich zu sein. Torge bleibt zunächst auch ganz gelassen, aber als die beiden sich dann vor seinen Augen küssen, kann er sich nicht mehr zurückhalten: „Äh, ieehh, also ich meine, jetzt wollen wir aber mal los. Zuerst nach Halmsdorf, würd ich sagen. Oder was meinst du, Jan?" Der grinst nur und nickt.

Franka löst sich schließlich von Dennis und fährt los. In Halmsdorf angekommen, dirigiert Torge seine Schwester eine Weile durch den Ort und lässt sie schließlich am Stadtpark halten. Die vier

Jugendlichen steigen aus und Torge rennt ein paar Meter in den Park hinein. Als Jan ihn eingeholt hat, bleibt er stehen und holt tief Luft. „Was hast du denn? Dennis ist doch cool. Einen besseren Schwager kannst du dir doch nicht wünschen." „Ja, kann sein. Aber einer von den beiden hätte mich ruhig mal vorwarnen können." Torge atmet ein paar Mal stoßweise aus.

„So, jetzt lass uns aber an unserem Fall weiterarbeiten. Die beiden Turteltäubchen können sich bestimmt eine Weile ohne uns beschäftigen."

„Das hab ich gehört." Dennis und Franka haben die beiden unbemerkt eingeholt und grinsen. Ruckartig dreht Torge sich um.

„Bruderherz, jetzt mach dich mal locker und erklär uns vor allem endlich, warum wir euch hier den ganzen Vormittag durch die Gegend kutschieren sollen." Franka knufft ihren Bruder in die Seite. „Wer hat Lust auf Pommes? Ich hab Hunger und lad euch ein!"

Torge glaubt, sich verhört zu haben. Seine Schwester ist die größte Biofutterverfechterin unter der Sonne und will freiwillig in eine Pommesbude? Und lädt sie alle auch noch ein?

„Na, dann los, bevor du es dir anders überlegst!" Er packt Franka an der Schulter und schiebt sie vorwärts. Dennis und Jan schauen sich grinsend an und folgen den beiden.

„Yes! Bei uns zuhause gibt es heute Kohlrouladen. Uubah! Pommes, ich komme!" Jan macht einen Luftsprung und läuft zur Imbissbude.

Als sie alle glücklich vor ihren fast leergegessenen Tellern sitzen, lässt Franka nicht locker und möchte endlich den Grund für die Spritztour erfahren. Torge schiebt sich gerade die letzte Gabel in den Mund und schaut Jan fragend an. Der wischt sich den Mund mit einer Serviette ab, lehnt sich auf seiner Sitzbank zurück und meint: „Warum eigentlich nicht? Wir wissen ja bald selbst nicht mehr, ob wir es mit einem Fall zu tun haben oder nicht, und treten seit Wochen auf der Stelle. Also können wir die beiden doch genauso gut einweihen. Vielleicht hilft es ja sogar?" Torge schaut von einem zum anderen.

„Ok, aber nicht hier. Lasst uns rausgehen." Dennis bestellt noch etwas zu trinken für alle und die vier stellen sich draußen an einen Stehtisch. Dann fängt Torge an zu erzählen. Von dem Unfall und den vielen Ungereimtheiten, ihren Verdächtigungen, die sich alle wieder in Luft aufgelöst haben, und von den vielen offenen Fragen. Die ganze Zeit über hören Franka und Dennis aufmerksam zu, ohne Torge ein einziges Mal zu unterbrechen. Nur Jan wirft hier und da einige Bemerkungen ein. Als Torge nach einer ganzen Weile seinen Vortrag beendet, stehen

Franka und Dennis einfach nur da.

„Und? Was meint ihr? Ist das alles Quatsch, was wir euch hier erzählen? Haltet ihr uns jetzt für völlig plemplem? Sagt doch mal was!" Torge ist nun völlig verunsichert. Schließlich kommt Dennis als Erster wieder zu sich. „Äh, ja, also. Das ist ja der Hammer, was ihr uns da auftischt. Ganz schön heftige Anschuldigungen mit dem Verkauf im Internet und der Affäre und so. Aber nee, ich halte euch nicht für bekloppt. Ich finde, wir sollten der Sache mit dem Unfall noch mal nachgehen. Was meinst du, Franka?"

„Ich bin echt baff. Da dachte ich, in diesem öden Kaff ist das Aufregendste, wenn sich die Müllabfuhrzeiten verschieben, und dann kommt ihr mit solchen Geschichten daher. Also, wenn ihr wollt, dass wir euch helfen bei eurer Detektivarbeit, ich bin dabei."

Jan holt eilig seinen Notizblock aus dem Rucksack und kritzelt eifrig drauf los. Nach ein paar Minuten bringt Dennis die leeren Getränkeflaschen wieder in den Imbiss und sie machen sich auf den Rückweg zum Auto. Dabei notiert Jan akribisch, wer was wie und wann erledigen soll.

„Wir müssen auf jeden Fall noch mal an die Zeugen von damals ran. Je mehr Zeit vergeht, desto mehr vergessen die Leute auch. Wen habt ihr denn damals zu dem Unfall befragt?" Franka ist jetzt

Feuer und Flamme. Torge und Jan schauen sich entgeistert an. Pause.

„Wenn man es genau nimmt, haben wir niemanden direkt befragt", gibt Torge schließlich kleinlaut zu.

„Was? Ihr nennt euch die Supernasen und vergesst das Wichtigste, nämlich die Zeugen zu befragen?" Franka bleibt auf der Stelle stehen, sodass Torge und Jan sie beinahe umrennen.

„Ja, weiß auch nicht, hat sich irgendwie nicht ergeben. Wir haben die Informationen alle aus dritter Hand oder uns zusammengereimt", versucht Jan, sich und Torge zu verteidigen.

Jetzt mischt Dennis sich ein, um einen aufkeimenden Streit direkt abzublocken. „Ok, dann lasst uns da doch mal anfangen. Wer genau hat den Unfall beobachtet?"

„Mein Vater war am Abend nach dem Unfall beim Kegeln und hat nachher zuhause erzählt, dass eine gewisse Cilly und eine Else dabei waren. Und die Irmgard Hofrichter hat angeblich auch alles vom Fenster aus beobachtet und das Gerücht verbreitet, die Else wäre überfahren worden."

„Das kann schon mal nicht sein", wirft Dennis ein, „die hab ich die Tage noch an der Bushaltestelle stehen sehen. Du meinst bestimmt Else Krämer und Cilly Bergheim. Die kenn ich. Die beiden fahren mehrmals die Woche mit dem Bus zum

Einkaufen hier nach Halmsdorf. Das würde ja zum Tathergang passen."

„Ok, dann lasst uns die doch zuerst mal vorknöpfen. Wir können da aber nicht zu viert auftauchen, dann kriegen die ja einen Herzinfarkt. Also, wer macht es?" Franka schaut in die Runde.

Betretenes Schweigen.

Erinner´ ich mich?

Zum wiederholten Mal klingeln Jan und Torge an der Haustür von Else Krämer. Da es beiden äußerst peinlich war, dass sie nicht direkt nach dem Unfall an das Naheliegende gedacht haben, nämlich die Augenzeugen zu befragen, haben sie ziemlich schnell eingewilligt und sich dazu bereiterklärt, Else Krämer und Cilly Bergheim direkt heute Nachmittag zu interviewen.

„Das bringt doch nichts, komm lass uns abhauen", meint Torge und wendet sich schon zum Gehen. „Warte mal, da tut sich was." Jan presst sein Gesicht an die Butzenscheiben in der Haustür, die sich im nächsten Augenblick öffnet. Er schreckt zurück.

„Guten Tag. Frau Krämer?" Else Krämer nickt. „Dürfen wir Sie wohl ein paar Minuten stören? Wir haben ein paar Fragen an Sie."

„Also, ich sag euch eins: Auf Enkeltricks und sowas fall ich nicht rein. Und ich kauf auch nix. Wem gehört ihr denn eigentlich?" Sie muss ihren Arm strecken, um Jan am Kinn zu fassen, und zieht ihn zu sich herunter. „Ah, du gehörst doch dem Paul?" Jan und Torge stellen sich höflich vor.

„Gut, dann kommt mal rein. Ich hab allerdings gerade Besuch, ich hoffe, das stört euch nicht. Es Cilly ist da." Jan und Torge haben keine Chance, irgendetwas zu erklären, schauen sich nur vielsagend an und folgen Else in die Küche.

Am Küchentisch sitzt Cilly Bergheim bei Kaffee und Kuchen. „Yes!", zischt Torge Jan zu und nickt mit dem Kopf unauffällig in Cillys Richtung. „Beide auf einmal, was ein Glück!"

Die beiden Jungs stellen sich noch einmal vor und finden sich wenig später am Kaffeetisch wieder, wo sie zwischen Bienenstich und Holunderschorle Rede und Antwort stehen müssen. Was sie so machen, wie es den Eltern geht und überhaupt. Vor allem Cilly scheint gut informiert über jegliche Familienzusammenhänge und erzählt ungefragt peinliche Anekdoten aus ihrer Sturm- und Drangzeit, als Jans Eltern noch jung waren.

Irgendwann wird Jan ungeduldig und versucht, auf den eigentlichen Anlass ihres Besuches zu sprechen zu kommen. „Also, Sie wundern sich ja bestimmt, warum wir hergekommen sind …", versucht er, den Faden wieder aufzunehmen.

„Else, weißt du noch, wie der Paul und die Helgard sich kennengelernt haben?" Cilly Bergheim ist nun ganz in ihrem Element und ignoriert Jan einfach. Während Jans Gesicht sich zunehmend verfärbt – ob vor Ungeduld oder weil ihm die Geschichten über die Annäherungsversuche seiner Eltern unangenehm sind, ist nicht ganz ersichtlich – schiebt Torge sich ein drittes Stück Kuchen auf den

Teller und scheint sich köstlich zu amüsieren. Schließlich ist auch er satt und zufrieden und reagiert auf die Tritte, die ihm Jan unter dem Tisch verpasst.

„Liebe Frau Bergheim, das ist ja echt nett, dass Sie uns diese alten Geschichten erzählen. Wir haben aber auch noch ein paar Fragen an Sie."

„Was ist los? Möchtest du noch ein Stück Kuchen?", fragt nun Else dazwischen, die aufgrund ihrer Schwerhörigkeit anscheinend nur die Hälfte der Gespräche mitbekommt.

Als Cilly nun Luft holt und zu einem weiteren Redeschwall anhebt, lässt Torge sich nicht beirren und schneidet ihr das Wort ab: „Es ist zwar schon eine Weile her, aber ich bin sicher, dass Sie sich trotzdem noch daran erinnern. Vor ein paar Wochen ist doch dieser ominöse Unfall hier passiert. Und wir haben gehört, dass Sie damals gerade auf dem Weg zur Bushaltestelle waren. Können Sie sich erinnern?"

Else hat zwischenzeitlich an ihrem Hörgerät herumgeschraubt und antwortet als Erste. „Ja klar, da war dieser Unfall, stimmt´s Cilly? Und dann kam unser Bus."

Jan wendet sich direkt an Cilly und hakt nach. „Was genau haben Sie gesehen? Können Sie das Auto oder den Fahrer beschreiben?" Cilly denkt kurz nach und verfällt dann wieder in einen undurchdringlichen Redefluss.

„Ja, ja, sicher. Else hat recht. Das Auto? Ja, dunkel war das. Aber wer drin war, weiß ich nicht. Oder warte mal, der ist doch ausgestiegen, oder, Else?" Torge und Jan horchen auf und wittern eine Spur.

Else hat indes die leeren Teller abgeräumt und ist auf dem Weg zur Spüle. „Hmm, ja, ich glaube da ist ein Mann ausgestiegen. Ist einmal vorne um sein Auto rumgelaufen und dann nix wie weg. Und wir sind dann ja auch weitergegangen. Der Bus kam ja."

Jan hält die Luft an. „Ja, aber was war denn mit der verletzten Person? Haben Sie die einfach so liegengelassen? Wer hat denn den Notarzt gerufen?" Cilly schaut auf die Uhr und wendet sich dann ihrer Freundin zu. „Else, wir müssen mal langsam los, machst du dich fertig?"

„Frau Bergheim? Was ist nun mit dem Verletzten?", hakt Jan nach.

„Äh, verletzt? Weiß ich jetzt auch nicht. Ja, da war was auf der Straße, aber das war schon tot. Wisst ihr, ich hatte auch meine Brille nicht auf."

„Und, haben Sie nicht den Notarzt gerufen?"

„Ich? Nee, wie denn? Ich hab ja gar nicht so ein Handydings da wie das heute jeder hat. Wisst ihr, ich mach da nicht mit. Früher ging das ja auch alles ohne …"

Jan ist der Verzweiflung nahe und überlegt, wie er Cillys Erzählfreude wieder auf den Fall lenken kann.

Von Else ist zweifellos nichts mehr zu erwarten. Im Gegenteil: Die beiden Damen machen Anstalten, das Haus zu verlassen.

„Wir wollen ja nicht unhöflich sein, und es war wirklich schön, dass ihr jungen Leute uns mal besucht habt, aber jetzt müssen wir leider los. Bingo fängt gleich an." Else hält ihrer Freundin die Jacke hin und schnappt sich ihren Haustürschlüssel. Dabei schiebt sie die Jungs bedächtig, aber bestimmt aus der Tür.

„Das Mädchen, das da Rotz und Wasser geheult hat, als das mit dem Unfall passiert ist, weißt du noch, Cilly? Die Mutter konnte es ja kaum beruhigen. Aber so ist das bei den Südländern, die sind ja immer so emotional. Oder nicht, Cilly?"

Aber Cilly Bergheim lässt bloß die Haustür hinter sich ins Schloss fallen und drängt zur Eile. „Else, wir müssen. Bis dann ihr beiden. Und schöne Grüße zuhause, ja?"

Torge hebt an, sich für den Kuchen und die Auskunft zu bedanken, aber die beiden Damen haben sich schon umgedreht und sind in ein Gespräch vertieft.

Jan zieht Torge mit sich in die andere Richtung. „Was war das denn?" Die beiden schauen sich an und prusten los. Feixend schwingen sie sich auf ihre Räder.

Immer Richtung Süden

Am gleichen Abend noch treffen sich Jan und Torge mit Franka und Dennis zur Lagebesprechung. Da es Jan zu peinlich wäre, wenn seine Mutter wieder mit ihren obligatorischen Schnittchentellern ins Zimmer platzt, treffen die vier sich bei Torge und Franka zuhause.

Simone Kablonsky öffnet Jan die Tür, begrüßt ihn freundlich und verschwindet dann wieder im Wohnzimmer. Herrlich, denkt Jan, warum kann meine Mutter nicht so unkompliziert sein?

In der Küche ist der Rest der Mannschaft schon versammelt. „Hey, da bist du ja. Setz dich! Ich habe gerade angefangen, unser Erlebnis von heute Nachmittag zu erzählen." Torge grinst. „Möchtest du weitermachen?"

Nach wenigen Minuten sind auch Franka und Dennis im Bilde. Franka ergreift als Erste das Wort: „Wenn ich das richtig verstanden habe, wissen wir immer noch nicht, wer angefahren wurde, wer den Notarzt gerufen hat und wer der Fahrer des Unfallwagens war, oder?" „Genau. Wir wissen eigentlich nur, dass es sich um einen Fahrer und nicht um eine Fahrerin handelt", antwortet Jan und schreibt alle neuen Erkenntnisse auf einen großen Block. Er verbindet Namen und Orte, kritzelt hier, unterstreicht dort etwas.

Eine Zeit lang sitzen sie schweigend in der Runde, nippen an ihren Gläsern, und jeder hängt seinen eigenen Gedanken nach.

„Was allerdings neu ist, ist die Info mit dem heulenden Mädchen und der Frau", sinniert Torge vor sich hin.

„Was? Was für ein Mädchen und welche Frau?" Dennis fährt ruckartig hoch. „Das ist ja ganz neu!" Er schaut die anderen erwartungsvoll an.

„Äh, ach so, ja stimmt. Das hatte ich erst gar nicht mit dem Fall in Verbindung gebracht. Aber wenn ich es mir genau überlege, hat die Else doch den Unfall gemeint, oder Jan?" Der kommt ihm zu Hilfe: „Also ganz zum Schluss, kurz bevor sie gegangen ist, hat Frau Krämer noch sowas fallen lassen von wegen da war ein Mädchen und eine südländische Mutter. Aber da hab ich mir auch nichts bei gedacht. Meint ihr, die haben was mit dem Unfall zu tun?"

„Naja, immerhin wäre das eine neue Spur", greift Franka den Faden auf. „Die Frage ist, wie viele südländisch aussehende Mütter mit Kindern gibt es hier? Und warum hat das Mädchen geweint? Ich finde, wir sollten …" „Die Rodríguez!" Jan und Torge platzen gleichzeitig dazwischen. Es kommt zu einer hitzigen Debatte, ob Else Krämer wohl Frau Rodríguez gemeint und was diese mit dem Unfall zu tun haben könnte. Plötzlich springt Torge auf und rennt ins Wohnzimmer. Nach wenigen Augenblicken kommt er niedergeschlagen wieder in sein Zimmer. „Mum sagt, sie habe letzte Woche noch lange mit Frau Rodríguez gesprochen und die habe ihr von ihrem Urlaub in Spanien erzählt. Und die Tochter hat ihr ganz stolz ihr neues Kuscheltier gezeigt, das war alles."

„Hmm, bringt uns also auch nicht weiter." Jan streicht den Namen Rodríguez mit Schwung wieder durch, den er in Großbuchstaben auf seinen Plan gekritzelt hatte.

„Bevor ihr alle Trübsal blast und wir hier eh nicht weiterkommen, erzähl ich euch mal, was ich rausgefunden habe." Dennis stützt sich mit beiden Händen auf den Tisch und steht auf. „Darf ich mal?" Er reißt sich einen Zettel vom Block ab und legt ihn auf Tisch. Dann schnappt er sich einen Stift und malt verschiedene Kreise und Linien auf das Blatt. „Jetzt mal was ganz anderes. Ihr wolltet doch rausfinden, wo der Köhler an dem besagten Abend war, als er zu spät zur Chorprobe gekommen ist, so nervös war und du angefahren worden bist." Er schaut Torge fragend an. Der nickt nur.

„So, das hier ist Altenkörwede, hier die Hauptstraße, hier wohnt der Köhler und hier der Stieglitz." Dennis zeigt auf einen Kreis in der Mitte. „Als du angefahren wurdest, kam der Wagen aus Richtung Halmsdorf, also von hier." Wieder markiert Dennis einen Punkt auf dem Papier. Dann zieht er eine Karte aus der Hosentasche, faltet sie umständlich auseinander und legt sie auch auf den Tisch. Es handelt sich um eine Ortskarte vom gesamten Kreis Halmsdorf.

„Da die Umgehung in die andere Richtung an dem Abend gesperrt war wegen Bauarbeiten, kann der Köhler also nur von hier, also aus Richtung Süden gekommen sein. Wir wissen, dass er gegen achtzehn Uhr noch zuhause gewesen ist."

„Woher wissen wir das?", hakt Jan nach.

„Bei der Chorprobe hat der Leimbach sich mit dem Pastor unterhalten und der meinte, dass er bei Köhlers angerufen hätte, weil er die Doris – die ist ja Küsterin – sprechen wollte, und da den Franz dran hatte. Und sich eben wunderte, dass der Franz nicht zur Probe erschienen ist."

„Und warum muss das um achtzehn Uhr gewesen sein?", will Franka nun wissen.

„Weil die Doris den Pastor wohl abgewürgt hat am Telefon, weil sie immer Punkt sechs Abendessen."

„Das hast du alles gehört?", fragt Jan nach.

„Ich musste notgedrungen, die beiden haben sich beim Händewaschen auf der Herrentoilette unterhalten und ich war gerade auf dem Klo." Dennis grinst. „Na, manchmal ist eine gute Verdauung ja doch für was gut." Franka verzieht angeekelt das Gesicht.

„So, das bedeutet, der Köhler hatte genau eineinhalb Stunden Zeit, geht man mal davon aus, dass er um halb sieben das Haus verlassen konnte. In dieser Zeitspanne kommt man maximal bis hierhin." Mit dem rechten Zeigefinger beschreibt Dennis einen Halbkreis südlich von Altenkörwede. Und nun die große Frage: Was befindet sich auf dieser Linie?"

Die drei anderen starren gebannt auf die Karte. Franka meldet sich als Erste zu Wort: „Mein Ökohof liegt genau auf der Linie, aber den Köhler hab ich da noch nie gesehen. Was sollte er auch da, noch dazu abends?" Als niemand etwas sagt, fährt sie nach einer Weile fort: „Außerdem ist das alles nur eine Theorie und wir können ja gar nicht beweisen, dass es überhaupt der Köhler war, der dich angefahren hat, geschweige denn, wo er vorher an dem Abend war, oder?"

Dennis schaut die anderen betreten an und gibt dann kleinlaut zu: „Ich weiß, ich hätte es euch schon früher sagen sollen, aber ich hatte mein Wort gegeben, dass ich nichts verrate."

„Was nicht verrätst?" Drei aufgerissene Augenpaare sind auf Dennis gerichtet.

Hinter den Kulissen

Dennis macht ein zerknirschtes Gesicht und seine ganze Körperhaltung verrät, wie unwohl er sich in dieser Situation fühlt. „Ok, ich erzähle es euch, aber nur, weil es uns vielleicht in dem Fall weiterbringt, und nur unter der Bedingung, dass ihr mit niemandem darüber sprecht. Ich hab dem Köhler mein Wort drauf gegeben." Die drei nicken. „Sicher. Kannst du dich drauf verlassen", meint Torge, „aber jetzt sag schon, was du weißt."

Dennis atmet tief durch und beginnt zu erzählen. Erst leise und zögerlich, doch irgendwann platzt der Knoten und es sprudelt nur so aus ihm heraus. „Also, es war so: Neulich hab ich mal wieder an meinem Auto rumgeschraubt, als plötzlich der Köhler Franz hinter mir steht. Ich hatte nichts gehört, weil er seinen Wagen neben dem Haus geparkt hatte. Hab ich mich vielleicht erschreckt. Zuerst dachte ich, der wollte mir einen reinwürgen oder mich anzeigen oder sowas, weil das Autoschrauben, naja, nicht immer so ganz legal ist und ich die Doris neulich verärgert habe, weil ich nicht mehr Messe dienen will. Aber nichts da. Der Franz war ganz ruhig, eher unterwürfig, so hatte ich den noch nie gesehen. Der macht doch sonst immer den Oberlehrer. Auf jeden Fall druckste er lange herum und fragte mich schließlich, ob ich mir nicht mal seinen Wagen ansehen könnte, er hätte da eine Art Unfall gebaut. Die Sache kam mir schon von Anfang an komisch vor, aber das Bündel Scheine in seiner Hand waren doch schlagkräftige Argumente, nicht weiter nachzufragen. Also hab ich mir sein Auto angesehen. Der linke Außenspiegel war völlig hinüber. Keine große Sache, das zu reparieren. Aber, wie gesagt, ich hab nicht weiter nachgehakt, was genau passiert ist und warum er damit nicht in eine richtige Werkstatt gehen wollte."

„Also bist du dir sicher, dass der Köhler mich angefahren hat?", hakt Torge nach und hält sich instinktiv seinen geprellten Rippenbogen.

„Naja, es würde zumindest alles zusammenpassen: die Tatzeit, deine Verletzung, deine Beschreibung vom Auto", antwortet Dennis. „Und auch das merkwürdige Verhalten von der Doris und dass der Köhler so nervös war bei der Chorprobe", wirft Jan ein. Eine Pause entsteht.

„Und was mir noch komisch vorgekommen ist damals, war das Handschuhfach. Ob das wichtig ist für uns, weiß ich ja auch nicht, aber …" „Jetzt erzähl schon weiter!", Torge trommelt ungeduldig mit den Fingern auf den Tisch.

„Also, ich brauchte die Fahrzeugpapiere, um das genaue Modell rauszubekommen, damit ich Ersatzteile besorgen konnte", fährt Dennis fort.

„Ja. Und? Was ist so besonders an einem Handschuhfach? Lag da eine Waffe drin, oder was?", unterbricht Torge ihn zum zweiten Mal. „Jetzt lass ihn doch mal ausreden!" Jan platzt bald vor Spannung.

„Ja, nein, keine Waffe. Aber das Handschuhfach quoll über vor Chipsen. Solche, die man beim Autoskooter auf der Kirmes bekommt." „Hä?" Torge schaut ihn völlig verstört an. „Was hat das denn jetzt mit dem Fall zu tun? Und warum soll der mich angefahren haben, weil er Autoskooterchipse im Handschuhfach hortet?"

Jan springt im gleichen Moment auf, als Dennis versucht, eine plausible Erklärung für seinen Fund abzugeben, und unterbricht ihn abrupt. „Wie sahen die Chipse aus? Waren das so rote Dinger mit gelber Schrift auf beiden Seiten?" Dennis nickt bloß. Er versteht immer noch nicht, was Jan meint.

„Leute, ich hab´s! Sind wir doof! Ja klar, du hast recht, Dennis, die Chipse sind wichtig für den Fall. Aber mit Autoskooter und Kirmes haben die nichts zu tun." Jan gerät in Rage und redet immer schneller. Er greift zu der Karte und fährt mit einem Stift die Linie ab. Plötzlich hält er inne und hämmert mit dem Stift auf einen bestimmten Punkt auf der Karte. „Da! Das ist es, wonach wir die ganze Zeit gesucht haben! Warum sind wir nicht früher darauf gekommen?!" Die anderen schauen ihn immer noch völlig verständnislos an.

„Leute, guckt doch mal! Hier ist die Spielhalle, direkt an der Autobahn. Das passt doch alles zusammen. Die Chipse sind von der Spielhalle, die gleichen sind doch auf den Werbeplakaten abgebildet, die hier überall rumhängen. Die Halle liegt genau in dem Umkreis, den der Köhler an dem Abend gefahren sein kann, um zu der besagten Uhrzeit am Unfallort und wenig später bei der Chorprobe sein zu können."

„Und das würde auch seine Nervosität erklären." Jetzt ist auch Franka aufgesprungen. Nur Torge und Dennis kapieren immer noch nichts und schauen ratlos von einem zum anderen.

„Ja, versteht ihr denn nicht? Der Köhler ist spielsüchtig!" Franka bekommt vor Aufregung hektische Flecken im Gesicht. „Das ist ja der Hammer! Der brave, brave Köhler, mit seiner ach so keuschen Gattin. Ich fass es nicht! Wenn man hier mal hinter die Kulissen schaut … wer weiß, was so manch anderer noch so zu verbergen hat?"

Das Gelächter wird von einem schrillen Klingelton unterbrochen. „Das ist meins", sagt Jan und zieht sein Handy aus der Hosentasche. Wenige Sekunden später legt er schon wieder auf. „Peinlich. Das war meine Mum. Ich muss nach Hause. Ok Leute, wir sehen uns."

Und immer wieder Oberkohlraben

In der letzten Schulwoche haben Jan und Torge die Aufklärung des Falls etwas schleifen lassen, weil sie mitten in den Vorbereitungen für die Ferienfreizeit stecken, die in wenigen Tagen beginnt. Kurzfristig hat Torge sich ebenfalls als Betreuer gemeldet, nachdem ein anderer krankheitsbedingt ausgefallen war.

Am kommenden Montag werden die Kinder und Jugendlichen anreisen und bis dahin muss das Camp stehen. Mit einigen anderen Betreuern sind Jan und Torge am Samstag schon angereist, um beim Aufbau des Zeltlagers zu helfen. Die beiden sind gerade auf dem Weg zum Betreuerbulli, um weitere Zeltstangen auszuladen, als ein dunkler Pkw in die Zufahrtsstraße zum Campingplatz einbiegt. Der Fahrer winkt den beiden zu. Beim näheren Hinsehen erkennen sie Pastor Röhrig und gehen ihm entgegen. Als sie auf gleicher Höhe sind, kurbelt Röhrig das Fenster herunter und stoppt den Wagen.

„Hallo, ihr beiden. Könnt ihr mir wohl beim Ausladen helfen? Ich habe die restlichen Lebensmittel hinten drin." Er zeigt mit dem Daumen in Richtung Kofferraum.

„Klar, machen wir." Als Pastor Röhrig sein Auto geparkt hat und die Jungs die Türen aufreißen, kann

Torge sich ein Grinsen nicht verkneifen. Nicht nur der Kofferraum des dunkelblauen Golfs ist bis oben hin vollgestopft mit Paletten voller Konservendosen, Nudeln und Getränkekisten, auch Beifahrer- und Rücksitz sind komplett vermüllt. Die beiden müssen sich durch leere Pfandflaschen, zerknüllte Brötchentüten und alles, was während der Fahrt so nach hinten wandert, wühlen, um an die Kartons mit den Lebensmitteln zu gelangen. Als Torge einen Kasten mit Milchkartons von der Rückbank hebt, rutschen ein paar lose Zettel mit aus dem Auto und fallen ins Gras. „Jan, guckst du mal bitte? Ich kann das gerade nicht aufheben." Er balanciert die Milch und diverse Tüten mit Oberkohlraben zum Küchenzelt und nickt mit dem Kopf, um Jan zu zeigen, wo die Zettel hingefallen sind.

„Ja, ich weiß, ich müsste mal ausmisten." Pastor Röhrig kommt gerade hinzu und zeigt auf den Papierberg in Jans Hand. „Das ist alles Müll. Kannst du wegwerfen." Dann schnappt er sich eine Palette mit Knackwürstchen und verschwindet. Da Jan im Augenblick nicht weiß, wohin mit dem Papiermüll, stopft er ihn in seine Hosentasche und räumt weiter das Auto aus.

Auf dem Rückweg vom Küchenzelt zum Auto fällt sein Blick auf die vordere Stoßstange und er bleibt abrupt stehen. Die Stoßstange ist an einer

Seite notdürftig mit Klebeband zusammengeflickt. Gerade als Jan sein Handy aus der Hosentasche zieht, um ein Foto zu machen, schlägt Pastor Röhrig ihm von hinten kumpelhaft auf die Schulter. Jan zuckt erschrocken zusammen und lässt sein Handy schnell wieder verschwinden.

„Na, was guckst du? Ach, die Stoßstange. Ja, da hab ich neulich den Zaunpfahl bei meiner Ausfahrt nicht früh genug gesehen. Aber bei dem alten Möhrchen lohnt es sich nicht, noch Reparaturkosten reinzustecken."

Jan aber hat sofort die Bilder von dem Unfall vor Augen: die Farbe des Autos, die kaputte Stoßstange, für Jan passt alles zusammen. Ihm steht der Schrecken ins Gesicht geschrieben. „Äh, ja, dann räume ich den Rest mal noch aus", stammelt er vor sich hin und geht eilig zum Kofferraum.

Wenig später kann er Torge in einer ruhigen Minute abfangen und erzählt ihm die Geschichte mit dem angeblichen Zaunpfahl. „Ich glaube dem kein Wort. Das wäre ja der Hammer, wenn ausgerechnet der Röhrig …" Torge holt ihn aus seiner Euphorie. „Das glaubst du doch nicht im Ernst. Erstens hast du keinerlei Beweise, zweitens, wenn er wirklich den Unfall verursacht hätte, wäre er doch nicht so dumm und würde Wochen später noch mit der laienhaft geklebten Stoßstange durch die Gegend fahren. Weißt du was, jetzt lassen wir den Fall erst mal Fall sein und machen hier schön Urlaub, und wenn wir in zwei Wochen wieder zuhause sind, schauen wir uns mal den Zaun vom Pastor an. Wenn er wirklich dagegen gefahren ist, muss das ja Spuren hinterlassen haben." Jan nickt, seine Enttäuschung ist ihm anzusehen. „Ok, wenn du meinst. Sonst bist du doch immer derjenige, der in allem eine Spur wittert." Torge will noch etwas erwidern, als er gerufen wird. „Komm, wir müssen die restlichen Tische noch schleppen."

Die Jungs sind im Zeltlager so sehr eingespannt, dass sie keine Zeit finden, sich in irgendeiner Weise mit dem Fall zu beschäftigen. Seit Tagen hat Jan keinen Gedanken mehr an den Unfall oder diverse Verdächtigungen verschwendet.

Es ist Donnerstagabend der zweiten Ferienwoche, die Kinder sind bereits in den Zelten verschwunden und die Betreuer sitzen gemütlich um ein Lagerfeuer herum. Bei einigen kommt schon etwas Wehmut auf, weil die Ferienfreizeit bald zu Ende ist.

In den letzten beiden Wochen war das Wetter so fantastisch, dass sie jeden Tag in kurzer Hose herumlaufen konnten. Heute Abend ist es merklich abgekühlt und Jan trägt die Jeans, die er auch beim Zeltaufbau getragen hatte. Auf der Suche nach einem Flaschenöffner durchsucht er seine Hosentaschen und zieht dabei die zerknüllten

Papierfetzen heraus, die er damals vom Boden aufgehoben hatte. Er wirft einen kurzen Blick darauf und will den Papierball ins Lagerfeuer werfen. Im gleichen Moment steht jedoch ein Junge neben ihm auf, die zerknüllten Papiere prallen an seinem Bein ab und landen vor Torges Füßen. Der hebt die Papierfetzen gedankenverloren auf und will sie zurückwerfen, als sein Blick plötzlich an einer Quittung hängenbleibt. Er steckt sie unauffällig ein und wirft den Rest ins Feuer.

Am nächsten Tag herrscht Aufbruchstimmung im Ferienlager. Die Zelte müssen abgebaut, sämtliche Rucksäcke und Taschen im Bus verstaut und die Abfahrt organisiert werden.

Als sie schließlich im Bus nebeneinander sitzen, fällt Torge der Zettel wieder ein. Er zieht ihn umständlich aus der Hosentasche, faltet ihn auseinander und hält ihn Jan unter die Nase.

„Guck mal, was ich gefunden habe. Interessant, oder?" Jan nimmt den Zettel in die Hand. „Eine Quittung über eine Packung Klopapier, vier Oberkohlrabi und einen Plüschhasen. Ja, und?"
„Guck doch mal auf das Datum! Die Quittung ist aus Pastor Röhrigs Auto gefallen, als wir ihm geholfen haben, die Lebensmittel auszuräumen. Erinnerst du dich? Und die Sachen wurden vier Tage nach dem Autounfall gekauft." Jan bekommt vor Aufregung ganz rote Ohren. „Willst du damit

sagen …?" Weiter kommt er nicht, weil Pastor Röhrig das Busmikrofon in die Hand nimmt, um sich von allen zu verabschieden.

Am Tellerrand ist Ende

„Ich versteh das einfach nicht." Helmar König schüttelt zum wiederholten Mal den Kopf. Es ist Montagmorgen und Bruno und er haben wie jeden Montag Lagebesprechung. Heute findet sie in Brunos Garage statt. „Kein Mensch aus Altenkörwede hat mich bisher auf die Holzsachen angesprochen, nur der Leimbach. Sonst keiner. Das gibt´s doch nicht." „Ach, Helmar, nun mach dir doch nichts daraus. Im Gegenteil, wir müssen überregional denken. Und irgendwann kommen die Leute hier auch auf den Geschmack. Der Leimbach ist doch ein super Anfang: Seine Praxis steht voll mit unseren Holzklamotten." „Ja, wenn du meinst." „Ja, meine ich. Das ist eben so mit dem Pastor im eigenen Land, der nicht über den Tellerrand blicken kann, oder wie das heißt. Vielleicht sind die Leute neidisch oder einfach nur doof. Aber das kann uns egal sein. Und jetzt los. Ab in den Wald, Nachschub holen."

Zur gleichen Zeit treffen sich Jan und Torge mit ein paar Kumpels zum Fußballspielen. Von den anderen ist noch niemand da und Jan nutzt den Augenblick, um den Fall noch einmal anzusprechen.

„Ich hab am Wochenende noch mal darüber nachgedacht. Also, den Röhrig können wir getrost wieder von unserer Liste streichen. Die Geschichte mit dem Zaun scheint zu stimmen. Zumindest ist der Zaun an einer Ecke wirklich ziemlich lädiert, was zu der kaputten Stoßstange passen würde."

„Hm, Mist. Hatte ich mir fast schon gedacht", erwidert Torge, „wäre ja auch zu heftig gewesen, ausgerechnet der Pastor, der uns dann noch so eine Lügengeschichte auftischt. Aber trotzdem geht mir diese Quittung nicht aus dem Kopf. Für wen hat er dieses Stofftier gekauft?"

Nach und nach trudeln die anderen Jugendlichen ein. Nach dem Spiel verabschiedet sich Torge von Jan. „Den Rest der Woche muss ich zuhause helfen, meine Mutter hat sich in den Kopf gesetzt, ausgerechnet in den Ferien das komplette Wohnzimmer zu renovieren. Ich melde mich, wenn ich Zeit hab, vielleicht Samstag." „Du hast es gut. Ich fahre mit meinen Eltern nach Paderborn, Städtereise, Kultur und so. Da würd ich doch lieber die ganze Wohnung renovieren, das kannst du mir glauben. Mal über den Tellerrand schauen, wie mein Vater immer sagt. Ich krieg Plaque!"

Alte Schachteln

Am frühen Samstagmorgen ruft Torge bei Bröcker-Hasenaus an. „Hi, Jan, tschuldige, dass ich so früh schon anrufe, aber es gibt Neuigkeiten. Dennis ist in ein paar Minuten hier. Schaffst du das?"

Kaum zwanzig Minuten später sucht Jan mit dem Finger das Klingelschild der Kablonskys, als auch schon der Türsummer geht. Er hechtet die Treppenstufen hoch in den dritten Stock, wo Torge ihn schon an der Wohnungstür erwartet und eilig in die Wohnung zieht. Dort sitzen bereits Franka und Dennis am Küchentisch.

„Hi, was gibt es denn für Neuigkeiten? Du hast es ja ganz schön spannend gemacht!" „Setz dich doch erstmal." Franka ergreift das Wort. „Ich mache doch meine Ausbildung auf dem Hof von Bauer Lehmann." „Und? Was hat das mit dem Unfall und unserem Fall zu tun?" „Mann, Jan, lass sie doch erstmal ausreden. Du wirst schon sehen", verteidigt Dennis seine Freundin.

„Also, freitags helfe ich immer im Hofladen, du weißt schon, direkt an der Landstraße gelegen, mit dem großen Parkplatz davor." Jan nickt, zieht aber immer noch fragend die Augenbrauen zusammen.

„Erst hab ich mir nichts dabei gedacht, aber vielleicht könnte es doch wichtig sein: Der

Hofrichter fährt jeden Freitagmittag auf den Parkplatz vom Hofladen, kauft aber nie etwas, sondern wirft nur jedes Mal einen Müllsack in den Container. Und letzten Freitag bin ich zufällig zur gleichen Zeit auf dem Weg zum Müllcontainer und ihm direkt in die Arme gelaufen. Er wirkte äußerst nervös, als er mich erkannt hat. Ich hab dann noch mal auf die Karte geschaut, wo du den vermeintlichen Weg von dem Köhler eingezeichnet hast." Franka lehnt sich zurück und verschränkt die Arme hinter dem Kopf.

„Ich kapier immer noch nicht, was du mir sagen willst", meint Jan. „Hast du nachgeschaut, was er jedes Mal wegwirft? Ist es das, worum es geht?" „Ja, ich hab heimlich in den Müllsack geschaut, als er weg war, aber da war nichts Besonderes drin, leere Colaflaschen, Pommesschachteln und so was. Aber darum geht es auch gar nicht."

Jetzt greift Torge ein, dem das alles zu lange dauert. „Wir vermuten, dass der Hofrichter gar nicht nur brav beim Finanzamt arbeitet, wie er seiner Frau und allen anderen seit zig Jahren vorgaukelt, sondern außerdem heimlich in der Spielhalle angestellt ist. Und genau da ist er neulich auf den Köhler Franz getroffen und zack! sitzen beide in der Patsche. Jeder hat den anderen quasi in der Hand. Sollte der Hofrichter irgendwem etwas von Köhlers Spielsucht erzählen, wird der wohl ausplaudern, womit der Hofrichter wirklich sein Geld verdient."

Jan springt auf und läuft im Zimmer auf und ab. „Wie krass ist das denn? Und die leeren Pommesschachteln muss er wahrscheinlich auch vorher entsorgen, damit seine Frau nichts davon mitkriegt. Der Arme, muss sich heimlich Junkfood kaufen, weil er zuhause immer nur Kohlrabisalat bekommt."

Großes Gelächter.

Der Hase im Beichtstuhl

Die vier sitzen noch den ganzen Vormittag zusammen und diskutieren über den Fall.

„Was aber immer noch nicht geklärt ist", meint Torge schließlich, „wenn Hermann Hofrichter an besagtem Freitag den Unfall verursacht hat, wie hängen dann Pastor Röhrig mit seiner Plüschhasenquittung und das Mädel von Rodríguez damit zusammen?" Er schaut in ratlose Gesichter, als es am Türrahmen klopft und Frau Kablonsky in der Küche steht.

„Hallo, zusammen! Huch, was guckt ihr denn so erschrocken? Habt ihr nicht gehört, wie ich reingekommen bin?" Ihr Blick schweift durch die Küche, wo sich immer noch das dreckige Geschirr vom Vorabend in der Spüle türmt. „Und wie ich sehe, hattet ihr mal wieder besseres zu tun, als hier ein bisschen Ordnung zu schaffen, was?"

Torge und Franka schauen sich an, das schlechte Gewissen ist ihnen deutlich anzusehen. „Oh, schon so spät?", bringt Torge schließlich hervor.

„Das ist meine Schuld. Tut mir leid, Frau Kablonsky! Wir haben uns wohl irgendwie festgequatscht und die Zeit vergessen", springt Jan den Geschwistern zu Hilfe.

„Schon ok", winkt Frau Kablonsky ab, „es wäre nur schön gewesen, wenn hier alles aufgeräumt wäre, ich bekomme nämlich Besuch."

Im gleichen Moment klingelt es an der Haustür. „Seht ihr, da sind sie schon." Frau Kablonsky dreht auf dem Absatz um und geht zur Wohnungstür.

„Alles klar, ich hau dann mal ab. Kommst du mit, Dennis?" Jan steht auf, stellt sein leeres Glas auf die Spüle und verlässt die Küche. „Ja, warte, ich komme." Dennis verabschiedet sich und beide verlassen die Wohnung. Im Hausflur kommen ihnen eine südländisch aussehende Frau und ein kleines Mädchen entgegen. In der Hand einen Plüschhasen.

„Hallo, Frau Rodríguez, hallo, Sophia." „Hallo, ihr beiden!" Und schon sind sie aus der Tür.

Draußen packt Dennis Jan am Arm und hält ihn zurück. „Sag mal, war das gerade etwa die Rodríguez, die angeblich angefahren wurde?" „Ja, warum?" „Ja, raffst du denn nicht? Dann ist doch alles klar! Hast du gesehen, was das Mädchen in der Hand hatte?" „Nee, was denn?" Jan zuckt mit den Schultern. „Einen Hasen. Also so einen aus Stoff." „Ja, und?" Jan schaut Dennis immer noch fragend an. „Kapierst du das immer noch nicht? Wenn wir rausbekommen, wo das Mädchen das Plüschvieh her hat, beziehungsweise, dass Pastor Röhrig ihr den geschenkt hat, dann sind wir auf der richtigen Spur!" Dennis überschlägt sich fast vor Aufregung, wird aber schnell von Jan gebremst. „Aber selbst wenn, den Zusammenhang zu dem Unfall sehe ich dann immer noch nicht."

Dennis zieht Jan ein Stück weiter, weil Irmgard Hofrichter gerade an ihnen vorbei flaniert und große Ohren bekommt.

„Pass auf", flüstert er Jan zu, „es gibt da noch etwas, was ich euch nicht erzählt habe. Ich habe dem einfach keine Bedeutung beigemessen, aber jetzt, wo der Hase ins Spiel kommt, könnte ich mir denken, dass es wichtig ist." „Jetzt mach es doch nicht so spannend! Sag schon." „Warte, ich rufe Franka an, die beiden sollen das auch mitbekommen."

Eine gute Viertelstunde später treffen sich die vier Jugendlichen auf dem Dorfplatz von Altenkörwede. Da der Dorfplatz nur aus einem Stück Rasen, einer alten Linde und einer Parkbank neben einem Altglascontainer besteht, ist hier nie etwas los und die vier sind ungestört.

„Ja, sorry, dass mir das nicht früher eingefallen ist. Ich hab euch doch neulich erzählt, dass ich nicht mehr Messe dienen will."

„Na super, deshalb bestellst du uns her? Unsere Mum macht uns gleich die Hölle heiß, wenn die Küche immer noch nicht aufgeräumt ist." Torge steht von der Bank auf und deutet an zu gehen.

„Jetzt lass ihn doch erst mal ausreden!", fährt seine Schwester ihn an und Dennis fährt fort.

„Da ich Pastor Röhrig nicht zuhause angetroffen habe, um ihm zu sagen, dass ich aufhören will, bin ich zur Kirche gefahren, in der Hoffnung, dass er vielleicht da ist. Dabei hab ich gar nicht dran gedacht, dass ja einmal im Monat Beichte ist. Und jetzt dürft ihr raten, wer aus dem Beichtstuhl kam, als ich die Kirche betreten habe. Na?" Er macht eine theatralische Pause und schaut in fragende Gesichter.

„Na, der Hofrichter!" Keine Reaktion. „Oh, Leute! Kapiert doch mal! Ich glaube, dass der Hofrichter Dreck am Stecken hat und so ein schlechtes Gewissen, dass er zur Beichte gegangen ist, und Pastor Röhrig ihm dann ganz praktisch geholfen hat."

„Und wie?", fragt Jan nach. „Ich kapier das immer noch nicht."

Jetzt hellt sich Torges Gesicht auf. „Ich aber! Du meinst also, der Hofrichter war in den Unfall verwickelt, was ja zu unserer Theorie passen würde, dass er in der Spielhalle arbeitet, und musste sein Gewissen erleichtern." „Genau!"

„Aber was hat jetzt der Plüschhase mit alldem zu tun?", schaltet Torge sich ein.

„Genau das gilt es herauszufinden! Franka, kannst du das Mädel von Rodríguez, wie heißt die noch mal, äh Sophia, kannst du die in ein Gespräch verwickeln, so von Frau zu Frau, und dabei herauskriegen, von wem sie wann und warum den Hasen bekommen hat?" Franka scheint als Einzige verstanden zu haben, was Dennis vorhat, gibt ihm einen Kuss auf die Wange und spurtet los.

Jan und Torge bleiben ratlos zurück.

Holländer Kirsch

Eine Woche darauf feiert Cilly Bergheim ihren 80. Geburtstag. Das heißt, eigentlich will sie gar nicht feiern, sondern hätte lieber mit ihrer Freundin Else eine Butterfahrt ins Münsterland gemacht. Doch sie hat keine Wahl und sieht sich den Zwängen der dörflichen Gesellschaft ausgesetzt.

Doris Köhler hat es sich nicht nehmen lassen und alles in die Wege geleitet. Pastor Röhrig steht als erster Gratulant auf der Matte. Nach und nach treffen die Nachbarn ein, setzen sich in Cillys guter Stube fest und schaufeln Kuchen und Schnittchen in sich rein.

„Noch jemand Holländer Kirsch?" Die penetrante Stimme von Doris peitscht durch den Raum. Sie hat die Torte selbst gebacken und muss das auch jedem, wirklich jedem mitteilen. Geschäftig läuft sie hin und her, ganz so, als wäre sie die Gastgeberin.

Die letzten Gäste haben noch nicht ganz ihre Kaffeetassen ausgeleert, da kommt der Schnaps auf den Tisch. Auch Cilly hat sich nun ihrem Schicksal ergeben und feiert fröhlich mit.

Es klingelt. Doris springt auf. „Ahahaaa, die Überraschung!"

Nur Augenblicke später steht der komplette Männergesangverein von Altenkörwede-Halmsdorf in voller Montur im Wohnzimmer von Cilly

Bergheim und schmettert drauf los. Und mitten drin: Jan. Und dabei schaut er gar nicht mal so verzweifelt aus wie bei der ersten Chorprobe. Im Gegenteil: Ganz interessiert sieht er sich um.

In der ersten Gesangspause, in der alle Chormitglieder wahlweise ein Stück Kuchen und Kaffee oder Schnaps angeboten bekommen, beobachtet er, wie sich Hermann Hofrichter und Franz Köhler anvisieren und mit bösem Blick aneinander vorbeigehen.

Jan packt all seinen Mut zusammen und nähert sich Hermann Hofrichter, der sich gerade mit einem vollen Teller in der Hand einen Platz am Tisch sucht. Jan schneidet ihm den Weg ab und hält ihm die Stoffhasenquittung vor die Nase.

„Hallo, Herr Hofrichter", beginnt er langsam das Gespräch. „Sieht lecker aus, die Holländer Kirsch." „Hmm", brummt Hofrichter und lässt sich ächzend auf einen Stuhl fallen. „Du bist doch der Bröckers Junge, oder? Hier im Verein sagen wir alle du." Er wischt sich seine rechte Hand kurz am Jackett ab und reicht sie Jan. „Ich bin der Hermann." „Jan", gibt Jan überrascht zurück, „freut mich." Er setzt sich ebenfalls und legt die Quittung vor sich auf den Tisch.

„Ähm, Herr Hof …, Hermann, ich wollte dich mal was fragen. Du arbeitest doch beim Finanzamt." Hofrichter verschluckt sich an einem

Stück Holländer Kirsch und läuft rot an. Als der Hustenanfall vorbei ist, bemüht er sich krampfhaft um einen belanglosen Plauderton. „Ja, haha, ja, der Kuchen. Haha." Aber Jan lässt sich nicht aus dem Konzept bringen. „In der Schule machen wir gerade Dreisatz und Prozentrechnung und so, und da wollte ich Sie, äh dich fragen, ob du mir das am Beispiel dieser Quittung hier mal erklären könntest." Jan versucht, einen unschuldigen Gesichtsausdruck aufzusetzen.

Hofrichter räuspert sich. „Na klar, Junge, dann zeig mal her. „Das ist eigentlich ganz einfach." Er beginnt, Jan die Mehrwertsteuer zu erklären, als ihm mitten drin die Gesichtszüge entgleisen. Hofrichter wird aschfahl im Gesicht. „Geht es dir nicht gut?", fragt Jan nach.

„Doch, doch, alles in Ordnung." Hofrichter bringt seine Ausführungen in zwei Sätzen zu Ende und wirkt sichtlich erleichtert, als Dr. Leimbach alle Sangesbrüder für das nächste Ständchen zusammentrommelt.

Kurz bevor sich die Geburtstagsgesellschaft auflöst, baut sich Bruno Breitenbach vor Cilly Bergheim auf und überreicht ihr eine riesige, hölzerne Eule. „Liebe Cilly, alles Gute zu deinem Jubeltage! Wir freuen uns alle mit dir, dass es dir in deinem beachtlichen Alter noch so gut geht. Das lässt hoffen, haha. Ich und der Helmar, wir möchten dir diese Eule als Geschenk überreichen. Weitere Exemplare unserer Schnitzkunst sind ja auch in der Praxis von dem Herrn Doktor zu sehen und natürlich auch bei uns zu erwerben." Bruno macht eine theatralische Pause und lässt seinen Blick über die Gästeschar schweifen. Er erntet nur betretenes Schweigen und lächelt seinem Kumpel Helmar aufmunternd zu, der augenscheinlich darauf wartet, dass sich die Erde unter ihm auftut. Bruno lässt sich nicht davon beeindrucken und beendet seine kurze Ansprache profimäßig. „Na, dann lasst uns noch mal anstoßen! Auf dich, Cilly! Alles Gute zum Achtzigsten!"

Kurz darauf ist die Party auch beendet und Jan fährt schnurstracks zu Torge.

Licht kommt ins Dunkel

Simone Kablonsky öffnet Jan die Tür und scheint zum ersten Mal nicht sonderlich begeistert über seinen Besuch. „Hallo, Jan. Torge und Franka sind in der Küche. Aufräumen."

„Tut mir leid, dass ich so spät noch störe, aber es ist wichtig, ich glaube, wir haben den Fall gelöst!" Dem zerknirschten Gesicht kann Frau Kablonsky nicht standhalten und bittet ihn lächelnd herein. „Aber bitte die Schuhe aus!", ist das Letzte, was Jan von ihr hört, dann ist sie im Wohnzimmer verschwunden.

Als Jan die Küche betritt, auf Socken versteht sich, wirft Torge ihm direkt ein Geschirrtuch an den Kopf. „Hier, kannst uns helfen, dann geht´s schneller."

Franka, die mit beiden Armen im Spülbecken steckt, dreht sich kurz zu Jan um. „Hi, na, wie war der Geburtstag? Hast du was rausgefunden?"

„Deshalb bin ich hier. Ich hab dem Hofrichter – wir duzen uns übrigens jetzt – die Quittung unter die Nase gehalten. Und er ist ziemlich blass geworden." Während Jan erzählt, was er auf der Geburtstagsfeier erlebt hat, bringen die drei im Eiltempo die Küche auf Hochglanz und setzen sich dann an den Tisch.

„Das bedeutet doch, dass wir recht hatten mit

unserer Theorie und Hofrichter den Unfall verursacht hat, der aber dann doch keiner war? Und sein schlechtes Gewissen bei Pastor Röhrig erleichtert hat, der wiederum Sophia ein neues Kuscheltier geschenkt hat." Torge gießt sich und den anderen etwas zu trinken ein.

Frau Kablonsky betritt die Küche und hält Torge ihr Glas hin. „Gießt du mir auch was ein, bitte?" Sie setzt sich. „Und? Was ist nun mit eurem Fall? Habt ihr ihn gelöst? Oder ist es etwa doch keiner gewesen?"

Weil die Jungs so tun, als seien sie beleidigt, ergreift Franka das Wort und erklärt ihrer Mutter in Kürze, was sie vermuten. „Was wir aber immer noch nicht genau wissen: Wen oder was hat der Hofrichter denn überfahren und was hat das neue Kuscheltier von der kleinen Sophia damit zu tun?"

Simone Kablonsky setzt ihr Glas auf dem Tisch ab und lehnt sich mit verschränkten Armen an die Spüle.

„Ach so, ja, das kann ich euch sagen. Sophia hatte damals das Kuscheltier beim Überqueren der Straße verloren und ein Auto ist drüber gefahren. Und eine ganze Weile später drückt ihr Pastor Röhrig ein neues Kuscheltier in die Hand, mit den Worten, dem Fahrer täte es schrecklich leid und er solle ihr dieses Häschen überreichen. Leider könne der Fahrer das nicht selbst machen."

Torge verschluckt sich vor Schreck an seinem Saft, springt auf und spuckt einen Schwall ins Spülbecken. Auch Jan muss sich zusammenreißen, als er die Geschichte hört und bemüht sich um einen höflichen Ton. „Das heißt, Sie wussten die ganze Zeit davon und haben uns nichts gesagt?"

„Mama! Das gibt es doch gar nicht! Seit wann weißt du das mit dem Hasen? Und weißt du auch, ob der Hofrichter ihn überfahren hat?"

Simone Kablonsky hebt die Hände und verteidigt sich: „Ja, Entschuldigung, ich wusste ja nicht, dass das so wichtig ist. Ja, der Hofrichter war das wohl. Die Geschichte hat mir die Ines neulich erst erzählt, vor ein paar Tagen."

Franka versucht, die Lage zu entschärfen. „Ist ja ok, Mama. Das konntest du ja auch nicht wissen. Außerdem ist es doch gut, dass wir jetzt die Wahrheit wissen. Oder, Jungs?" Sie prostet den beiden zu.

„Ja, hast du recht. Tut mir leid, Mama. Aber erst nimmst du unsere Detektivarbeit nicht ernst und dann pfefferst du uns ganz beiläufig die Lösung des Ganzen auf den Tisch."

Auch Jan entschuldigt sich für seinen kleinen Ausbruch vorhin. „Aber es bleibt die Frage, warum der Hofrichter einen Schaden am Auto hatte und woher das Kunststoffteil kam, dass wir vor der Kirche gefunden haben. Wenn er wirklich nur das

Kuscheltier überfahren hat, davon geht doch nichts am Auto kaputt."

Jetzt schaltet sich Frau Kablonsky wieder ein. „Woher wisst ihr denn, dass er einen Schaden am Auto hat? Habt ihr das Auto gesehen?" Die beiden Jungs schütteln den Kopf. „Wir dachten nur …"

Franka kramt in ihrer Tasche und holt ihr Handy heraus. „Das haben wir gleich. Dennis und seine Kumpels wissen doch immer über Unfallwagen Bescheid, die nicht in der Werkstatt repariert werden sollen, wenn ihr wisst, was ich meine."

Wenige Minuten später ruft Dennis zurück, die beiden reden kurz und Franka wendet sich resigniert den Leuten am Tisch zu. „Dennis meint, sein Kumpel habe zwar neulich den Wagen vom Hofrichter zur Reparatur da gehabt, aber nur einen neuen Auspuff drangeschraubt. Eine kaputte Stoßstange hat er nicht gesehen."

„Und das Kunststoffteil?" Just in dem Moment, in dem Jan die Frage ausgesprochen hat, kommt ihm auch schon die Antwort. Mit aufgerissenen Augen schaut er Torge an, und wie aus einem Munde raunen beide: „Pastor Röhrig!"

„Jetzt seid ihr aber völlig übergeschnappt, oder?" Simone und Franka Kablonsky starren die Jungs entgeistert an. Dann ergreift Torge das Wort: „Wir meinen ja nicht, dass Pastor Röhrig in den Unfall verwickelt war." „Der ja nun gar kein Unfall mehr ist", unterbricht seine Mutter ihn.

„Ja, nein, aber im Zeltlager neulich ist mir die kaputte Stoßstange von Pastor Röhrigs Wagen aufgefallen. Könnte doch sein, dass er einen Teil der Stoßstange bei der Einfahrt zur Kirche verloren hat."

„Und die Haare? An dem Teil klebten doch Haare. Wie erklärst du dir die?", wirft Jan ein. Schweigen.

Franka zückt noch einmal ihr Handy.

Steckrübeneintopf

Die Schule hat wieder begonnen und Torge fängt Jan vor Schulbeginn in der Pausenhalle ab. „So, alles geklärt. Franka hat Dennis drauf angesetzt, sich um Pastor Röhrigs Auto zu kümmern, quasi als Entschuldigung, weil er ja nicht mehr Messe dienen will." „Cool, und da soll er unauffällig auch nach fehlenden Teilen in der Stoßstange gucken?" „Genau! Hast du das Teil noch? Könntest du es ihm heute nach der Schule vorbeibringen?"

Bereits am Abend treffen sich die vier auf dem Dorfplatz. Dennis platzt sofort mit den Neuigkeiten heraus: „Stellt euch vor, das von euch gefundene Teil passt tatsächlich exakt in die Stoßstange von Pastor Röhrigs Wagen. Als ich ihn drauf angesprochen habe, ist er dermaßen eingeknickt, dass er mir fast schon leidgetan hat."

„Was? Also hat er doch was mit dem Unfall zu tun?" Torge reißt die Augen auf. „Es war doch gar kein Unfall, wann kapierst du das denn mal?", fährt ihn seine Schwester an.

„Er hat mir gebeichtet, dass er im Frühjahr mal ein Wildschwein angefahren, das aber nicht bei der Polizei zur Anzeige gebracht hat, sondern vermutlich in seiner Kühltruhe hat verschwinden lassen."

„Und die Geschichte mit dem Gartenzaun?", hakt

Jan nach. „Die stimmt schon. Nur hat er den Wildunfall verschwiegen."

„Meine Güte! Wenn man den Leuten hier mal in die Töpfe guckt ..." Franka schüttelt ungläubig den Kopf.

„Damit erkläre ich den Fall für gelöst! Wer kommt mit Pommes essen?" Jan klatscht bei seinen Freunden ab, zufrieden drängen sich alle in Frankas Golf und machen sich auf den Weg nach Halmsdorf. Den Anruf seiner Mutter, wo er denn bleibe, der Steckrübeneintopf sei fertig, ignoriert Jan geflissentlich.